Mit guten Wünschen

von

____

HERMANN MULTHAUPT

Markt und Straßen stehn verlassen

Ein musikalisches Lesebuch zur Weihnachtszeit

Butzon & Bercker

Inhalt

Vom Himmel hoch,

DA KOMM ICH HER

Vom Himmel hoch, DA KOMM ICH HER

„Ihr habt ja wieder nichts gegessen, Herr!" Eva, die Magd, ist unbemerkt ins Arbeitszimmer von Martin Luther getreten – oder hat Luther das Klopfen nicht bemerkt? – und blickt auf das Tischchen mit den erkalteten Speisen. „Ich hatte mir so viel Mühe gemacht mit dem Abendbrot."

Martin Luther blickt von seiner Schreibarbeit auf. Der Tisch, an dem er sitzt, ist übersät von Blättern, zwei Kerzen stehen auf hohen Haltern zwischen den Papieren und erhellen notdürftig den Platz, an dem er seine Notizen niederschreibt.

„Verzeih, Eva, ich war nicht hungrig."

„Wie soll das weitergehen, Herr Luther? Immer seltener rührt Ihr meine Speisen an. Koche ich Euch nicht mehr gut genug?" Eva steht stirnrunzelnd vor ihrem Herrn und schiebt die Unterlippe vor.

„Das hat nichts mit deiner Kunst zu tun, gute Eva. Du bist meiner Frau und mir eine teure Magd. Gott lohn' es dir."

Martin Luther zeigt Eva ein aufmunterndes Lächeln.

„Ein leer gegessener Teller würde mich mehr belohnen", schmollt Eva. Vom nahen Kirchturm kündigt die Uhr rasselnd die zwölfte Stunde an.

„Schon Mitternacht. Nun aber husch ins Bett, Eva. Der neue Tag schaut bald durchs Fenster."

Eva unterdrückt ein Gähnen, nimmt kopfschüttelnd das Tablett mit dem Geschirr auf und geht hinaus. Martin Luther legt das Schreibzeug beiseite und geht in seiner Studierstube auf und ab. „Zwölf Uhr und immer noch nicht fertig. Wie schwer fällt es mir in diesem Jahr, meine Weihnachtspredigt vorzubereiten. Bin ich überarbeitet? Überlastet? Die Übertragung der Bibel ins Deutsche in diesem Sommer 1534 bereitete mir viel Mühe, und gewiss haben die vergangenen Jahre der religiösen Unruhe und der politischen Verfolgung ihre Spuren hinterlassen. Wie hätte ich sie durchgestanden, o mein Gott, wenn nicht mit deiner Hilfe!"

Im Zimmer nebenan beginnt ein Kind zu weinen. Luther horcht auf, ein Lächeln gleitet über sein Gesicht. Dankbar wendet sich sein Blick zum Kreuz. „Du hast mich getröstet, Herr. Du hast mir eine Familie geschenkt, und erst vor sechs Tagen gebar mir meine Frau Katharina die kleine Margarete. Wie still ist die Nacht. Ich höre die

Stunden durch das All rauschen, dir zu Ehre, du Schöpfer der Welt.“

Martin Luther kehrt an seinen Arbeitsplatz zurück und nimmt die Feder wieder zur Hand. Er beginnt zu schreiben: „Gibt es größeren Trost, meine Schwestern und Brüder, als den, zu wissen, dass Gott Mensch geworden ist und als Kind in unsere Mitte kommt? Dieses Geheimnis wird ewig das größte aller Zeiten bleiben: Gott ist Kind, so klein und winzig wie ein hilfloser, neugeborener Säugling, aber ausgestattet mit dem Königtum des Himmels und des Kreuzes, das uns Erlösung bringt von aller Schuld.“

Wieder vernimmt Luther das Weinen der kleinen Margarete aus dem Nebenraum. Da öffnet sich die Tür und Katharina erscheint, das greinende Töchterchen auf dem Arm.

„Du bist noch bei der Arbeit, Martin?“, fragt sie überrascht. „Du bringst dich um allen Schlaf. Die Nacht ist vorgerückt. Geh zu Bett, lieber Mann. Die morgige Nacht, die heilige, erfordert all deine Kraft, wenn die Menschen in Wittenberg deine Weihnachtspredigt hören.“

Martin Luther geht auf Katharina zu. Er schaut erst auf das Kind in den Armen seiner Frau, dann blickt er seine

Frau an. „Das ist es ja, was mich schlaflos macht, meine liebe Katharina – die Weihnachtspredigt. Sie will mir in diesem Jahr nicht gelingen."

Katharina bietet ihrem Mann das Kind an, legt es behutsam in seinen Arm. Zärtlich blickt Luther auf das Mädchen, das längst zu weinen aufgehört hat.

„Du überforderst dich, Martin", sorgt sich Katharina. „Du meinst, jedes deiner neuen Werke müsse besser als das letzte sein, jede neue Predigt noch treffender als die zurückliegende. Wohin soll das führen? Der Mensch ist kein Windrad, das unentwegt angetrieben werden kann."

Luther übergibt Margarete wieder ihrer Mutter. Die Worte seiner Frau haben ihn nicht ruhiger werden lassen. Er tritt ans Fenster und blickt in die Nacht hinaus. Sterne stehen hoch am Himmel, halten glitzernd Wacht über die schlafende Erde.

„Ich darf die Menschen nicht enttäuschen", seufzt Martin Luther. Es hat den Anschein, als spreche er zu der Welt, die vor dem Fenster liegt, statt zu Katharina, seiner Frau. „Ich habe zu viel Unruhe in die Welt gebracht, liebe Käthe. Gewiss, mein Aufstand gegen die Amtsträger in der Kirche war ein Protest, der sich gegen fehlgeleitete Formen des Glaubenslebens, gegen erstarrtes theologisches Gedankengut und gegen den Missbrauch der Religion richtete. Ich habe die Weltordnung vieler Menschen erschüttert, und die Folgen sind noch nicht abzusehen. Ich darf mir keine Schwäche erlauben."

Katharina schmiegt ihren Kopf an die Schulter ihres Mannes. Luther blickt noch immer in die dunkle Stadt hinaus.

„In Mainz, in Bamberg, in Straßburg und Basel, in Nürnberg und Köln wird deine neue Bibelübersetzung gedruckt, lieber Martin. Ist das keine Leistung, mit der du zufrieden sein darfst?"

Martin Luther ringt die Hände. „Das ist es ja gerade. Aller Augen sind auf mich gerichtet, und ich armer Mensch fühle mich so schwach, so ausgebrannt. Nicht einmal eine Predigt bekomme ich zustande."

„Eine Weihnachtspredigt, Martin, ist keine normale Ansprache", tröstet Katharina. „Aber du bist nicht schwach. Du bist nur müde. Hast du kein Recht dazu, müde zu sein? Der Schlaf ist dazu da, sich zu erholen, neue Kräfte zu sammeln. Geh zu Bett, Martin, morgen ist wieder ein Tag. Du wirst sehen, er stattet dich mit neuen Kräften aus."

Martin Luther gibt Katharina einen Kuss auf die Wange, dann beugt er sich zu Margarete nieder. „Du hast es gut. Du schläfst in den Armen eines Engels."

„Der deine wird recht böse mit dir sein, wenn er Nacht und Tag an deiner Seite wachen muss", gibt seine Frau augenzwinkernd zu bedenken.

„Du siehst so klar, wo ich noch zweifelnd bin."

„Schaut es nicht aus wie ein Christkind, unser Margaretchen? Ist es nicht ein Gottesgeschenk zur Heiligen Nacht? Doch komm, komm nun, lieber Martin, es ist höchste Zeit, sich zur Ruhe zu begeben." Katharina gibt ihrem Mann einen freundschaftlichen Schubs und drängt ihn vom Fenster weg.

„Lass Käthe", bittet Luther, „nur einen Augenblick noch bitte ich dich um Geduld. Was du da eben sagtest, bringt mich auf eine Idee zu einem Lied. Ich muss es sogleich aufschreiben, bevor die Eingebung verflogen ist. Es ist ein Geschenk zur Heiligen Nacht."

Luther kehrt mit verhaltener Freude an den Schreibtisch zurück. Eine Kerze ist niedergebrannt. Er entzündet eine neue und taucht die Feder ins Tintenfass.

Dann beginnt er nachdenklich zu schreiben:

2. Euch ist ein Kindlein heut geborn
von einer Jungfrau auserkorn,
das Kindelein so zart und fein,
das soll eur Freud und Wonne sein.

3. Es ist der Herr Christ, unser Gott,
der will euch führn aus aller Not,
er will eur Heiland selber sein,
von allen Sünden machen rein.

4. Er bringt euch alle Seligkeit,
die Gott der Vater hat bereit',
dass ihr mit uns im Himmelreich
sollt leben nun und ewigleich.

5. So merket nun das Zeichen recht:
die Krippe, Windelein so schlecht;
da findet ihr das Kind gelegt,
das alle Welt erhält und trägt.

6. Des lasst uns alle fröhlich sein
und mit den Hirten gehn hinein,
zu sehn, was Gott uns hat beschert,
mit seinem lieben Sohn verehrt.

7. Lob, Ehr sei Gott im höchsten Thron,
der uns schenkt seinen ein'gen Sohn.
Des freuet sich der Engel Schar
und singet uns solch neues Jahr.

Macht hoch

DIE TÜR

Macht hoch
DIE TÜR

Mitten im Dreißigjährigen Krieg geht der Dichter Georg Weissel in seiner Heimatstadt Königsberg von Haus zu Haus. Er trägt Tannenzweige in den Händen. Vor jeder Tür bleibt er stehen, klopft an und wartet, dass ihm geöffnet wird. Wenn jemand Tür oder Fenster öffnet, spricht er die erste Strophe eines heute bekannten Adventsliedes:

Macht hoch die Tür, die Tor macht weit,
es kommt der Herr der Herrlichkeit,
ein König aller Königreich,
ein Heiland aller Welt zugleich,
der Heil und Leben mit sich bringt,
derhalben jauchzt, mit Freuden singt.
Gelobet sei mein Gott,
mein Schöpfer reich an Rat.

Eine Frau schüttelt missbilligend den Kopf. „Georg Weissel! Wie könnt Ihr so reden! Krieg ist in deutschen Landen,

ein unseliger Krieg! Und Ihr verkündet den Herrn der Herrlichkeit! Ich kann nicht jauchzen und fröhlich sein!"
„Es fehlt Euch an Mut, gute Frau, an Gottvertrauen", rügt Georg Weissel die Gesprächspartnerin gutmütig. „Der Krieg ist eine Sache der Welt. Gott hat das Verderben bringende Feuer nicht entfacht. Ich spreche von der künftigen Herrlichkeit, von der Herrlichkeit des Himmels jenseits aller Sterne."

„Geht Eurer Wege und lasst mich in Ruhe", droht die Frau. „Euch ist ja nicht zu helfen mit Eurer Gutgläubigkeit. Erspart Euch Euer Geschwätz." Wütend wirft sie die Tür ins Schloss. Georg Weissel lässt sich nicht beirren. Er geht zum Nachbarhaus und trägt die zweite Strophe des Liedes vor.

Er ist gerecht, ein Helfer wert.
Sanftmütigkeit ist sein Gefährt,
sein Königskron ist Herrlichkeit,
sein Zepter ist Barmherzigkeit;
all unsre Not zum End er bringt,
derhalben jauchzt, mit Freuden singt.
Gelobet sei mein Gott,
mein Heiland groß von Tat.

Ein Fensterflügel fliegt auf. Ein Mann streckt seinen Kopf heraus und bemerkt zornig: „All unsre Not zum End er bringt? Schnickschnack! Mir ist in der letzten Woche meine Frau gestorben. Nun stehe ich da mit meinen sechs Kindern und weiß nicht, wie ich Beruf und Haushalt gleichzeitig bewältigen soll. Eine Magd kann ich mir nicht leisten. Ich gehöre nicht zu denen da“ – er macht eine unzweideutige Geste nach links – „zu den wohlhabenden Bürgern von Königsberg, die jeden Tag Schokolade trinken und die Stunden bei schönen Gesprächen verbringen. Für mich ist der Tag ein hartes Geschäft, und er hat vierzehn lange Arbeitsstunden.“

Weissel nimmt einen Tannenzweig aus dem Bündel und streckt ihn dem Mann hinter dem Fenster entgegen. „Nehmt, guter Mann, es ist ein Zeichen der Hoffnung. So wie die Tanne immer grünt, so sollt Ihr nicht zweifeln. Es kommen auch bessere Tage. Habt Vertrauen.“

Doch der weist das Geschenk zurück.

„Dummes Zeug!“, ruft er, „Pfaffengeschwätz! Macht, dass Ihr fortkommt!“ Das Fenster knallt zu.

Der Dichter steckt den Tannenzweig traurig in das Bündel zurück. Und er beginnt, die dritte Strophe seines Gedichtes vorzutragen.

O wohl dem Land, o wohl der Stadt,
so diesen König bei sich hat.
Wohl allen Herzen insgemein,
da dieser König ziehet ein.
Er ist die rechte Freudensonn,
bringt mit sich lauter Freud und Wonn.
Gelobet sei mein Gott,
mein Tröster früh und spat.

Einer der wohlhabenden Bürger Königsbergs beobachtet Georg Weissel bei seinem Gang durch die Stadt, bleibt verwundert stehen und sagt ärgerlich: „Woher nehmt Ihr Euch diese Freiheit, Georg Weissel, von einem König zu reden, der in diese Stadt einzieht? Ich dachte, Ihr wäret in politischen Dingen unbewandert? Nun unkt Ihr, dass die Stadt von einem fremden Herrscher besetzt wird? Haben wir nicht genug Scherereien, nachdem der Krieg zwischen Katholiken und Calvinisten entbrannt ist? Aus Böhmen kommen schlechte Nachrichten. Wollt Ihr sie vermehren?“

„Keineswegs, Herr“, beeilt sich der Dichter zu sagen. „Ich rede vom künftigen Reich der ewigen Herrlichkeit und von der Ankunft des Erlösers Jesus Christus.“

Der wohlhabende Bürger bekommt einen roten Kopf, so sehr ärgert er sich.

„Dazu haben wir die Pfaffen!“, tobt er los. „Die predigen in den Kirchen schon mehr als genug. Muss ich mir Euer Gewäsch in meiner Straße auch noch anhören? Geht Eurer Wege, Georg Weissel, oder zurück nach Domnau, wo Ihr geboren seid. Kindern könnt Ihr Eure Mär verkaufen, mir aber nicht.“

Georg Weissel betrachtet nachdenklich das Tannenbündel auf seinem Arm. Die Zweige sollen doch Zeichen der Versöhnung und des Friedens sein, des Friedens, der durch die Geburt Christi in die Welt kommt. Doch niemand möchte das Symbol des Friedens annehmen.

Macht hoch die Tür, die Tor macht weit,
eur Herz zum Tempel zubereit'.
Die Zweiglein der Gottseligkeit
steckt auf mit Andacht, Lust und Freud;
so kommt der König auch zu euch,
ja, Heil und Leben mit zugleich.
Gelobet sei mein Gott,
voll Rat, voll Tat, voll Gnad.

Georg Weissel hat das Kind fast übersehen, das plötzlich vor ihm steht. So sehr ist er in Gedanken versunken über das mangelnde Verständnis für seinen Gang durch die Stadt. „Du sagst aber etwas Schönes!“, freut sich das Kind. „Zweiglein der Gottseligkeit.“

„Möchtest du eins haben? Hier!“ Der Dichter hält dem Kind einen Tannenzweig entgegen. „Es ist ein Zeichen der Hoffnung, weil es immer grünt. Wir müssen dem göttlichen Kind den Weg auf die Erde leichter machen, indem wir ihm eine warme Krippe bauen in unseren Herzen.“

„Ich danke dir. Du bist wohl ein Prediger, oder?“

„Nein“, schüttelt Georg Weissel den Kopf. „Ich bin Lehrer und ein kleiner Dichter.“

„Es gefällt mir, was du gedichtet hast“, nickt das Kind. Es hat ein offenes und erwartungsvolles Gesicht. „Es ist ein schöner Vers.“

Weissel beugt sich zu dem Kind hinab. „Du bist der erste Mensch in dieser Stadt, der meinen Worten zuhört. Gott verschafft sich Lob durch den Mund eines Kindes.“

„Ich würde dir gern noch eine Weile zuhören“, sagt das Kind, „aber ich habe wenig Zeit. Meine Mutter ist krank, und mein Vater ist als Soldat im Österreichischen. Dieses Jahr 1620 ist ein böses Jahr, und Mutter sagt, es wird noch schlimmer. – Hast du noch so einen schönen Vers?“

„Ja, ich habe noch einen Vers, gutes Kind. Hör nur, ich sage ihn eigens für dich.“

Der Dichter Georg Weissel betont jede Silbe mit besonderer Aufmerksamkeit. Das Kind blickt ihn unverwandt an, als möchte es jedes Wort in seinem Herzen bewahren.

Komm, o mein Heiland, Jesu Christ,
mein Herzens Tür dir offen ist.
Ach, zieh mit deiner Gnade ein,
dein Freundlichkeit auch uns erschein.
Dein Heilger Geist uns führ und leit
den Weg zur ewgen Seligkeit.
Dem Namen dein, o Herr,
sei ewig Preis und Ehr.

O Heiland, reiß die Himmel auf

Zu Betlehem geboren

O Heiland, reiß die Himmel auf

ZU BETLEHEM GEBOREN

Friedrich von Spee sitzt, mit seinem Morgenrock bekleidet, in einem Lehnstuhl im Kloster Falkenhagen. Er ist verletzt, um seinen Kopf trägt er einen Verband. Die Verletzung rührt von einem Überfall her, der in der Umgebung von Peine im Hochstift Hildesheim geschah, als ein Unbekannter zwei Pistolenschüsse auf den Jesuitenpater abgab. Zur Erholung hat ihn der Ordensoberer in die Filiale Falkenhagen am Rande des Weserberglandes geschickt. Aber Spee kommt nur langsam wieder auf die Füße. Mitten im Dreißigjährigen Krieg hat er zu viel erlebt. Hinzu kommen die entsetzlichen Hexenprozesse. Viele der zum Tode verurteilten Frauen hat er auf ihrem letzten Gang begleiten müssen und er ist überzeugt, nicht eine von ihnen war der angeklagten Kontakte mit dem Teufel wirklich schuldig.

Spee versucht, in Falkenhagen zu arbeiten. Er hat eine Denkschrift gegen die Hexenverfolgungen in Arbeit, die ihm den Kopf kosten kann, wenn er als Autor bekannt wird. Denn in ihr greift er auch die Fürsten, die geistlichen und weltlichen Obrigkeiten an, die die Prozesse dulden und manchmal sogar fördern. Der Jesuitenpater möchte die Geheimschrift „Cautio criminalis“ nennen, doch ist er unschlüssig, ob er sie einem Verleger anvertrauen darf. Spee hat bereits auch viele schöne Lieder geschrieben, selbst manches Kirchenlied ist darunter. Der Tisch in seinem Arbeitszimmer ist von Schriftstücken übersät. Selbst die Stühle hat der Jesuitenpater mit Manuskripten zugepackt. Aber immer wieder fallen ihm die Augen zu, muss er Ruhepausen einlegen. Die Wunde am Kopf schmerzt, wenn er zu lange denkt und dichtet. Falkenhagen ist ein schöner Ort, ein Stiftsgut nach seinem Geschmack in der Stille der lippischen Landschaft. Nicht weit von Falkenhagen liegt das majestätische Corvey, das im Krieg allerdings schwer gelitten hat, und wo sein Vetter Arnold von Valdois Prior des berühmten Benediktinerklosters ist. Spee wird den Mönchen dort bald Exerzitien halten. Aber was nutzen schöne Orte in Gottes weiter Natur, wenn die Seele nicht zur Ruhe kommt? Vetter Arnold ist nicht so ängstlich wie Friedrich. Bald steigt er zu Abtswürden auf. Bei ihrem ersten Gespräch miteinander erwähnt Spee seine inzwischen zu einem ansehnlichen Manuskript herangewachsene Arbeit gegen die Hexenprozesse. „Lass es hier", bittet Arnold, „ich will versuchen, es drucken zu lassen."

Das Angebot kommt Spee etwas zu überraschend. Er kann als Autor in Teufels Küche kommen, wenn die Oberen seine Identität herausfinden. Aber gegen das abscheuliche Werk dieses Heinrich Kramer „Malleus Maleficarum", deutsch „Der Hexenhammer", mit Anleitungen, wie man mit Hexen verfahren soll, muss etwas unternommen werden.

„Ich werde dich als Autor nicht nennen“, kommt Valdois den Bedenken seines Vetters zuvor. „Ich weiß, dass ‚Der Hexenhammer‘ noch immer hoch im Kurs steht. Es wird Zeit, ihn außer Gefecht zu setzen.“

An einem Winternachmittag gegen fünf Uhr betritt ein Ordensangehöriger den Arbeitsraum des Paters. Er trägt auf einem Tablett ein Fläschchen Arznei und ist überrascht, den Mitbruder schon wieder bei der Arbeit anzutreffen. „Pater Spee von Langenfeld, Ihr sollt Euch schonen! Abermals habt Ihr die Feder in der Hand! Nur wenige Wochen sind es her, dass Ihr auf dem Ritt zum Gottesdienst in Woltorf lebensgefährlich verletzt worden seid, doch stets missachtet Ihr meinen ärztlichen Rat und schreibt in Euren Papieren.“

„Die Zeit duldet keinen Müßiggang, Bruder Georg“, entschuldigt sich Pater Spee. „Auch wenn mir meine Wunde noch zu schaffen macht, so erfordern doch die Ziele der Gegenreformation meine ganze Kraft.

Wir Jesuiten sind Soldaten Christi, wir dürfen uns nicht abschrecken lassen – auch nicht von einem Pistolenschuss."

„Auch ich gehöre der Gesellschaft Jesu an", rechtfertigt sich Bruder Georg. „Aber ich lasse es etwas geruhsamer angehen. Die Zeit heilt Wunden, nicht der Übereifer. Ich gebe meinen Kranken die Arznei, die sie benötigen, ja, sie erfahren alle erdenkliche Pflege, die ich zu geben vermag." Bruder Georg sieht Pater Spee spitzbübisch an. „Jedoch zum Gesundwerden gehört auch die Geduld – und sie ist eine Tugend, die Ihr nicht zu üben scheint."

Pater Spee von Langenfeld deutet auf den Stoß Manuskripte. „Es bleibt mir zu viel liegen, guter Freund. Seht selbst, welches Durcheinander!"

Bruder Georg gibt zehn Tropfen aus dem Fläschchen auf einen Löffel und reicht sie dem Mitbruder, der sie willig schluckt, dabei das Gesicht säuerlich verzieht. „Ihr nehmt Euch zu viel vor. Ich begreife ja nur einen Teil von solchen

Dingen, mit denen Ihr Euch beschäftigt, denn ich stehe auf der Leiter der Gelehrsamkeit erst auf einer der unteren Stufen, freilich weiß ich aus Euren Andeutungen und Notizen, dass Ihr an mehreren Werken gleichzeitig schreibt, stellenweise sogar in Deutsch."

„Ihr seid ein guter Beobachter, Bruder Georg", nickt Friedrich von Spee anerkennend. „Ja, ich habe eine Sammlung Lieder begonnen, Kirchenlieder wohlgemerkt. Das Volk soll in den Gottesdiensten mitsingen können und nicht allein auf lateinische Gesänge angewiesen sein, von deren Inhalt es kaum etwas versteht, Bruder Georg. Die Reformation hat uns den Reichtum unserer Muttersprache erschlossen."

„Ihr seid eben ein Dichter, Pater Friedrich von Spee. Ein Professor in Paderborn – und in Falkenhagen ein Dichter."

Spee erhebt sich und stützt sich mit den Armen auf den Arbeitstisch. „Ich bin kein Dichter, Bruder Georg. Ich habe sehr viel Elend auf dieser Welt gesehen, so viel, dass es mir die

Luft abschnüren müsste. Doch wenn ich nicht mehr atmete – wie könnte ich meinen Herrgott preisen, der sich trotz allen Leids, das sich die Menschen zufügen, in jedem Strauch, in jeder Blume zeigt? Deshalb möchte ich dem Herrn lobsingen, so gut ich kann. Seht hier, Bruder Georg, diese Lieder sollen einmal den Titel ‚Trutz-Nachtigall' erhalten. Mit den Nachtigallen möchte ich um die Wette singen. Ich brauche ja in den Sommertagen nur die Fenster zu öffnen, um den Lobpreis des Allerhöchsten aus viel kehligen Vogellauten zu hören. Ihnen möchte ich mich anschließen. Die Engel im Himmel, die Sterne der Nacht und die Morgenröte, die gesamte Schöpfung, die Berge, Täler, Wälder, Gräser, Felder, Bäume, Brunnen, Bäche, die Tiere und Menschen – sie alle sollen einstimmen in diesen Lobgesang."

Pater Spee hat sich in eine Begeisterung hineingeredet, dass er nun atemlos innehält. Bruder Georg betrachtet ihn besorgt. „Ihr solltet Euch wieder setzen und eine Ruhepause gönnen", sagt er, und als Spee diesem Wunsch nachkommt, rückt er ihm ein Kissen im Rücken zurecht und breitet ihm eine Decke über die Knie. Bruder Georg bückt sich, um die am Boden verstreuten Blätter aufzulesen. Dabei wirft er einen flüchtigen Blick darauf. ‚O Heiland, reiß die Himmel auf' – ‚Zu Betlehem geboren' … Welche wunderbaren Titel. – Entschuldigt, dass ich meine Neugierde nicht beherrscht habe."

Spee nimmt die Blätter in Empfang und betrachtet sie eine Weile. „Sie sind für mich voller Erinnerungen."

„Würdet Ihr mir ein Lied vorlesen – wenn es Euch nicht zu viel Mühe macht?", bittet Bruder Georg.

O Heiland, reiß die Himmel auf,
herab, herab vom Himmel lauf.
Reiß ab vom Himmel Tor und Tür,
reiß ab, wo Schloss und Riegel für.

O Gott, ein Tau vom Himmel gieß,
im Tau herab, o Heiland, fließ.
Ihr Wolken, brecht und regnet aus
den König über Jakobs Haus.

O Erd, schlag aus, schlag aus, o Erd,
dass Berg und Tal grün alles werd.
O Erd, herfür dies Blümlein bring,
o Heiland, aus der Erden spring.

Wo bleibst du, Trost der ganzen Welt,
darauf sie all ihr Hoffnung stellt?
O komm, ach komm vom höchsten Saal,
komm, tröst uns hier im Jammertal.

Einen Augenblick ist es mucksmäuschenstill im Raum. Pater Spee lässt die Blätter sinken, Bruder Georg schaut in die Ferne.

„Es ist die Hoffnung des Verzweifelten, die aus diesen Versen spricht“, meint Bruder Georg nach einer Weile.

„Mein Gott, was haben meine Augen gesehen, was hat meine Seele erleben müssen“, ruft Friedrich von Spee. Seine Stimme bebt. „In Würzburg traf mich das traurige Los, den als Hexen verurteilten Frauen geistlichen Beistand zu leisten. Wohl zweihundert habe ich zum Scheiterhaufen begleitet, und nicht eine war schuldig. Unselige Opfer der Verblendung, der Menschenverachtung und der Grausamkeit."

Es klopft, aber keiner der beiden Jesuiten hört es und sagt „Herein!". Plötzlich steht Pater Provinzial in der Tür. Er will sich erkundigen, wie es dem Patienten geht. Als sie den Vorgesetzten sehen, erschrecken die Ordensmänner und entschuldigen sich für ihre Unaufmerksamkeit. Doch Pater Provinzial lacht nur. „Ihr seid wohl tief in einen theologischen Disput vertieft", mutmaßt er, doch Friedrich von Spee klärt ihn auf, indem er auf die Papierbogen mit den Liedern aufmerksam macht.

„Ach, und ich dachte, Ihr bereitet Euch auf die neuerliche Professur in Paderborn vor!", scherzt der Obere. „Ihr werdet nicht immer in Falkenhagen bleiben können, lieber Spee. Die Idylle hier täuscht über das wahre Leben. Der seit 1618 herrschende Krieg erfordert unzählige Menschenleben. Viele Dörfer und Städte sind zerstört", fügt er mit ernster Miene hinzu.

„Verzeiht, ich habe die große Welt da draußen nicht vergessen", entschuldigt sich Spee. „Doch woher sollen wir die Kraft nehmen, wenn nicht aus jener noch heilen Ordnung, die ein Ort wie dieser birgt?"

„Ihr wollt mit mir doch nicht philosophieren?", warnt Pater Provinzial scherzhaft. „Lasst mich lieber teilhaben an dem, was Ihr hier Gutes zu Papier bringt."

Bruder Georg nimmt die Blätter auf, die Friedrich Spee entglitten sind. „Ich bin noch ganz ergriffen von dem, was ich eben gehört habe. Jedoch hier ist noch ein weiteres Lied, das unser verehrter Pater Spee verfasst hat." Pater Provinzial wirft Friedrich Spee von Langenfeld einen aufmunternden Blick zu. Leise, jede Silbe betonend, beginnt Spee einen Text zu lesen, der als Lied seither die ganze christliche Welt beseelt:

Zu Betlehem geboren,
ist uns ein Kindelein.
Das hab ich auserkoren,
sein eigen will ich sein.
Eia, eia, sein eigen will ich sein.

In seine Lieb versenken
will ich mich ganz hinab;
mein Herz will ich ihm schenken
und alles, was ich hab.
Eia, eia, und alles, was ich hab.

O Kindelein, von Herzen
dich will ich lieben sehr
in Freuden und in Schmerzen,
je länger mehr und mehr.
Eia, eia, je länger mehr und mehr.

Dich wahren Gott ich finde
in meinem Fleisch und Blut;
darum ich fest mich binde
an dich, mein höchstes Gut.
Eia, eia, an dich, mein höchstes Gut.

Dazu dein Gnad mir gebe,
bitt ich aus Herzensgrund,
dass dir allein ich lebe
jetzt und in aller Stund.
Eia, eia, jetzt und in aller Stund.

Nicht weit von Falkenhagen entfernt an der Weser liegt die kleine Universitätsstadt Rinteln. Dort befindet sich eine Druckerei, die im Dienst Corveys steht. Hier gibt Arnold von Valdois 1631 den Druck der „Cautio criminalis“ in Auftrag. Den Autor verschweigt er. Nur der Drucker wird genannt: Petrus Lucius. Der genaue Titel des Werkes heißt „Cautio criminalis seu de processibus contra Sagas Liber (deutsch: Cautio criminalis oder rechtliches Bedenken wegen der Hexenprozesse). Das in lateinischer Sprache abgefasste Werk trägt nun entscheidend zum Ende der Hexenverfolgung bei. Ein Jahr darauf erscheint die zweite, von Spee noch strenger und verschärfter verfasste Auflage. Ein protestantischer Feldprediger im Dienste General Königsmarcks in Verden, Johannes Seifert, übersetzt die „Cautio Criminalis" ins Deutsche und widmet sie der schwedischen Königin Christina, zu deren Hoheitsgebiet Verden damals gehört. Sie verbietet die Hexenprozesse.

Stille Nacht,

heilige Nacht

Stille Nacht, HEILIGE NACHT

Wenn wir am Heiligabend, in der Christmette oder im Gottesdienst am ersten Weihnachtsfeiertag „Stille Nacht, heilige Nacht" anstimmen, so wird wohl niemand den Bekanntheitsgrad dieses Weihnachtsliedes in Frage stellen. Überall in der Welt wird es gesungen, selbst in jenen Ländern, in denen das Christentum nicht die größte Religionsgemeinschaft darstellt und die Botschaft der Heiligen Nacht nicht sonderlich bekannt ist. Der Text ist schlicht, doch innig, die Melodie romantisch und leicht einprägsam. Das wohl bekannteste Weihnachtslied ist 1818 entstanden, doch setzte es sich nicht sofort

durch. Jedenfalls fragte eines Tages die Königliche Hofkapelle Berlin im Stift St. Peter in Salzburg nach, ob ein gewisses in Mode gekommenes Tiroler Volkslied etwa von Michael Haydn, dem Bruder des bekannteren Joseph Haydn, stamme und wenn ja, ob es gegebenenfalls in einem Notenband Aufnahme finden könne. Das muss im Jahre 1854 gewesen sein, die Uraufführung des Liedes lag also mehr als dreißig Jahre zurück und war gar nicht so spektakulär wie vielleicht manche großen musikalischen Inszenierungen.

Die Salzburger Archivare mussten erst einige verstaubte Aktendeckel lüften, bis sie schließlich auf das vermeintliche „Tiroler Volkslied“ stießen. Sie konnten den Berliner Musikern wunschgemäß Auskunft geben, doch nein, von Michael Haydn sei

die Komposition nicht – und damit für den um Auskunft bittenden Hofkapellmeister wohl auch nicht so interessant.

Es begann in einem kleinen verschneiten Dorf an der Salzach, in Oberndorf im Salzburgischen, wo die Menschen wirklich arm wie eine Kirchenmaus waren und wo ihnen die Vorstellung von dem betlehemischen Stall mit der Krippe nicht fremd erschien. Der Vikar Joseph Mohr saß eines Abends Brevier betend in seiner Studierstube, als es an der Haustür klopfte. Nanu, ein Besuch noch zu später Stunde?, dachte er verwundert und ging in den Flur hinaus. Draußen stand, die Schneeflocken vom Mantel blasend, mit vor Kälte roten Wangen und vom warmen Atem beschlagener Brille der Organist Franz Gruber. „Was treibt dich denn zu dieser Zeit noch

hierher?“, fragte Joseph Mohr überrascht und bat den Freund ins Haus.

„Grüß dich, Joseph“, sagte Franz Gruber. „Entschuldige, dass ich dich zu nachtschlafender Zeit aufsuche.“

„Noch findest du mich ja nicht im Bett“, lachte Joseph Mohr. „Aber du solltest bei der Kälte und den Schneeverwehungen nicht allein von Arnsdorf herüberkommen. Und noch zu dieser Stunde! Bitte, tritt näher! Gegen einen aufwärmenden Obstler hast du gewiss nichts einzuwenden, oder?“

Franz Gruber entledigte sich seines Mantels, trat an den bullernden Ofen und rieb sich die durchfrorenen Hände. „Daheim hatte ich keine Ruhe in mir, Joseph. Immer wieder ging mir das nahende Christfest im Kopf herum

und die Frage, wie wir es gestalten könnten. Denn mit unserer Orgel ist ja weiß Gott kein Staat zu machen."

Joseph Mohr schenkte den quellklaren Obstler in die Gläser und prostete dem Freund zu. „Die Orgel ist so verstimmt, dass sich eine Reparatur nicht mehr lohnt, das weißt du. Und für ein neues Instrument fehlt uns das Geld. Unsere St.-Nikolaus-Gemeinde ist nicht die reichste."

„Wem erzählst du das, Joseph? Ich ärgere mich Tag für Tag mit dem alten Kasten herum, der sich Königin der Instrumente nennt. Im Blasebalg habe ich kürzlich ein Mäusenest entdeckt. Muss eine recht musikalische Familie sein. Aber jetzt ist es ganz aus. Nur noch ein paar quäkende Töne sind aus der Orgel herauszubringen. Ich sehe

doch die grinsenden Gesichter der Salzach-Schiffer neben mir, wenn ich mich vergeblich auf der Tastatur abmühe. Nein, Joseph, ich mache mich nicht länger lächerlich."

Der Geistliche lächelte, als er seinen Freund so erregt reden hörte. „Das sollst du auch nicht, lieber Franz. Niemand verlangt das von dir. Freilich, an die bischöfliche Behörde zu schreiben wage ich nicht noch einmal – nach der Abfuhr vor zwei Monaten.

Es gibt derzeit keine neue Orgel. Punktum! Das haben sie mir geschrieben. – Es sei denn, wir fänden einen Mäzen, der ein paar Dutzend Goldtaler lockermacht."

„Oder einen großen Sünder, der uns die Orgel als Buße bezahlt", nickte der Organist.

Die Männer lachten. „Solange wir unseren Humor behalten, werden wir sicher auf neue Ideen stoßen, wie wir Weihnachten musikalisch bestehen können", meinte der Vikar.

„Ich habe bereits eine Idee", ereiferte sich sein Gesprächspartner. „Deshalb bin ich zu so später Stunde zu dir gekommen. Wir beide werden zum Christfest ein neues Lied komponieren!"
„Wir werden – was?"
„Es schwebt mir ein Weihnachtslied für zwei Solostimmen mit Chor- und Gitarrenbegleitung vor." Franz Gruber sah Joseph Mohr erwartungsvoll an. Es entstand eine kleine Pause. Im Kopf des Geistlichen arbeitete es. Gruber ließ dem Freund Zeit, seine Gedanken zu ordnen. „Ist doch eine tolle Idee, oder?"
„Wirklich toll! Ich wäre nie darauf gekommen", sagte Mohr, und es klang alles andere als begeistert.
„Ich weiß, lieber Joseph, dass die Gitarre kein vergleichbares Instrument ist

und es mit der Orgel niemals aufnehmen kann. Doch in unserem Falle … Den Klapperkasten in St. Nikolai rühre ich in der Christmette jedenfalls nicht an.”

Joseph Mohr schenkte dem Freund und sich einen neuen Obstler ein. „Den Vorschlag muss ich erst verdauen. Die Idee kommt zu plötzlich. Prost!“

„Viel Zeit bleibt dir nicht“, lächelte Gruber. „Denn dir kommt die Aufgabe zu, den Text zu der Komposition zu schreiben.“

„Den – was? Wann soll denn das noch geschehen?“, rief Joseph Mohr erschrocken. „Weißt du, wie viele Tage

es noch bis Weihnachten sind? Ich sitze hier nicht herum und blase Trübsal!“

Franz Gruber stand auf und legte dem Freund besänftigend die Hand auf die Schulter. „Ich habe auch meine Pflichten, das weißt du. Doch in diesem Jahr befinden wir uns Weihnachten vor einer neuen Herausforderung, und wir werden sie bestehen.“

Der Vikar ging vor der Bücherwand seiner Studierstube unruhig auf und ab. Dann verlangsamte er seinen Schritt, seufzte, sah seinen ihn erwartungsvoll anblickenden Freund mit gerunzelter Stirn an, nahm die Wanderung wieder auf. Schließlich gab er sich einen Ruck und sagte: „Ich will es versuchen. Versprechen kann ich nichts. Schließlich bin ich kein Dichter.“

Franz Gruber nickte zufrieden. „Mehr wollte ich heute auch nicht. Entschuldige, dass ich so spät noch gekommen bin und dass ich dir jetzt eine schlaflose Nacht bereite. Ich eile auf Engelsflügeln heim nach Arnsdorf. Denn ich habe bereits eine Melodie im Kopf, die meine Schritte beschwingen wird."

„Sieh nur zu, dass du bei der Dunkelheit vor lauter Schwung nicht in die Salzach fällst", warnte Joseph Mohr und geleitete den Freund zur Tür.

Joseph Mohr tat sich schwer. Drei Tage saß er und grübelte, er tauchte die Feder in die Tinte und setzte zum Schreiben an, doch die Worte wollten nicht kommen. Missmutig zunächst, doch dann erzürnt zerknüllte er das Papier. Die Zeit saß ihm wie ein Gespenst im Nacken und drängte, doch die Muse küsste nur seinen Freund und belohnte ihn mit einer wunderschönen venezianischen Melodie, die jedem ins

Herz sank, dem er sie vortrug. Aber wie es so zugeht, im letzten Augenblick, wenn das Herz gleichsam vor dem Zerplatzen steht, tritt plötzlich eine innere Ruhe und Stille ein. Für den Vikar und Koadjutor Joseph Mohr war es eine schöpferische Phase. Da lag doch noch ein Gedicht im Schrank, das vor zwei Jahren entstanden war. Warum bin ich nicht gleich darauf gekommen?, durchzuckte es ihn. Die Verse, die bisher nicht entstehen wollten, an denen er so verbissen gefeilt hatte, die ihm holprig und misslungen vorgekommen waren, waren doch längst geschrieben! Nur ein paar Kleinigkeiten gab es zu ergänzen.
Und so entstand der Welt vielleicht schönstes Weihnachtslied. Damit eilte er in die beginnende Dämmerung des Vorweihnachtsabends hinaus, um seinen Freund Gruber aufzusuchen.

B
1. Stil - le Nacht! Hei - li - ge Nacht!
F B
Al - les schläft, ein - sam wacht
Es Cm B
nur das trau - te, hoch hei - li - ge Paar.
Es Cm Cm G
„Hol - der Kna - be im lo - cki - gen Haar,
Cm F7 B
schlaf in himm - li - scher Ruh',
B/F F7 B
schlaf in himm - li - scher Ruh'!“

2. Stille Nacht, heilige Nacht!
Gottes Sohn, o wie lacht
Lieb aus deinem göttlichen Mund,
da uns schlägt die rettende Stund,
Christ, in deiner Geburt!
Christ, in deiner Geburt!

3. Stille Nacht, heilige Nacht!
Hirten erst kundgemacht!
Durch der Engel Halleluja
tönt es laut von fern und nah:
Christ, der Retter, ist da!
Christ, der Retter, ist da!

Die interessierten Herren der Königlichen Hofkapelle in Berlin erhielten nachträglich doch noch die Namen des Compositeurs und des Textdichters übermittelt: Ein kleiner Dorfschullehrer namens Gruber und ein Vikarius namens Mohr aus Oberndorf im Salzburger Land. Namen, die man sich nicht unbedingt merken müsse. Nein, mit Michael Haydn könne man leider nicht dienen. Doch zugleich gebe man der Hoffnung Ausdruck, dass die Enttäuschung nicht zu groß sei. –
Der Zillertaler Orgelbauer Carl Mauracher, der das lädierte Instrument in Oberndorf schließlich reparierte, brachte das Lied nach Tirol. Die Geschwister der Handschuhmacherfamilie Strasser aus Laimbach – sie waren hervorragende Sänger – machten es in Deutschland

zuerst auf dem Weihnachtsmarkt in Leipzig bekannt. In Amerika wurde es 1839 zum ersten Mal gesungen. Die Entstehungsgeschichte des Liedes hat Franz Gruber am 30. Dezember 1854 übrigens noch selbst nach Berlin vermelden können. Er war inzwischen Organist in Hallstein. Joseph Mohr starb als Pfarrer in Wagrain. Obgleich das Weihnachtslied seinen Siegeszug durch die Weihnachtsstuben antrat, blieben Komponist und Textdichter nahezu 35 Jahre in der Öffentlichkeit unbekannt. Fünfzehn deutsche Städte trugen dazu bei, dass in der Pfarrkirche zu Wagrain eine „Joseph-Mohr-Gedächtnisorgel“ aufgestellt wurde. Der Ort Oberndorf verschwand im Hochwasser der Salzach, die Reste der St.-Nikolaus-Kirche wurden abgebrochen. In der Nähe des alten Ortes entstand 1924 eine Mohr-Gruber-Gedächtniskapelle, im Volksmund als „Stille-Nacht-Kapelle“ bekannt. Vier Jahre später setzte man den beiden Liedschöpfern ein Denkmal.

Obgleich „Stille Nacht, heilige Nacht“ bald die halbe Welt eroberte und in mehr als einhundert Ländern bekannt ist, stritten die Experten ab 1893 über den künstlerischen Wert dieser Komposition. In Fachjournalen und Zeitungen trugen sie ihre Gegenargumente zusammen – von mangelndem christlichen

Geist war die Rede und von einem „unliturgischen“ Epos. Doch davon blieben die Freunde dieses Liedes unbeeindruckt. Die Dichterin Marie Ebner-Eschenbach schrieb diese begeisterten Worte:

„Wie geht’s nur an,
dass man so lieb es haben kann,
was liegt darin, erzähle!
Es liegt darin ein wenig Klang,
ein wenig Wohllaut und Gesang
und – eine ganze Seele.“

Es ist ein Ros ENTSPRUNGEN

Es ist ein Ros ENTSPRUNGEN

Der Mönch Laurentius liebt die Heilige Schrift. Er liebt die schönen Geschichten um Jesus und seine Mutter, die Berichte der Apostel so sehr, dass er sich alle Mühe gibt, sie abzuschreiben und vielen lesekundigen Menschen zugänglich zu machen. Tage- und manchmal auch nächtelang sitzt er im Skriptorium eines Klosters in der Nähe von Trier und zeichnet Buchstabe für Buchstabe auf das Pergament. Die Initialen, die Anfangsbuchstaben der Texte, sind besonders groß. Laurentius malt sie farbig aus. Manchmal sitzt er einen ganzen Tag an einem dieser schönen großen Buchstaben, die zudem mit verschlungenen Linien, mit Ornamenten, Spiralen und Knoten geschmückt werden. Wenn Laurentius einen ganzen Tag in der Schreibschule zugebracht hat, unterbrochen vom Ruf der Glocke, die seine Mitbrüder und ihn zu den Stundengebeten in die Klosterkirche ruft, erfreut er sich abends oder des Nachts an der Stille des Klostergartens, am Duft der Blumen und an den leuchtenden Farben.

Jetzt im Winter liegt der Garten still unter einer weißen Schneedecke. Die Blumen schlafen in der Erde, die Gerüche sind davongeweht. Wie Finger greifen die Äste der Bäume in die kalte, klare Luft, als wollten sie die Schönheit des vergangenen Sommers zurückholen. Laurentius steht am Tor des Klostergartens. Wie sternenklar ist die Nacht! Der Himmel hat all seine Lampen angezündet, um die schönste und stillste aller Nächte mit seinem Licht zu feiern: Es ist nämlich Christnacht, die Heilige Nacht.

Das Glitzern der Sterne hat den Mönch nicht schlafen lassen. Es erleuchtete seine kleine Zelle, es rief ihn gleichsam hinaus in die Winterkälte unter Gottes weites Sternenzelt. „O wie groß bist du, Herr des Himmels und der Erde, der du in dieser Nacht ein Kind wirst und herabkommst zu uns in die Dunkelheit unseres Lebens.“

Laurentius steht noch immer am Eingang zum Klostergarten. Jenseits der nun verschneiten Blumenbeete scheint Licht in den Fenstern der Kirche auf, ein warmes, anheimelndes Licht. Gleich werden die Brüder erscheinen, um im Gotteshaus den ersten Lobpreis des neuen Tages zu beten, die Matutin, und zugleich die Geburt des göttlichen Kindes zu feiern. Und früh um sechs erwartet die Klostergemeinschaft die ersten Pilger, die mit dem

Konvent das Geburtsfest des Herrn begehen wollen. Von Trier, aus dem dunklen Moseltal, kommen sie herauf in die Abtei. Der Mönch Laurentius wird sie mit seinen Mitbrüdern empfangen. „Du bist schon wach, Bruder Laurentius?“, vernimmt Laurentius plötzlich eine sanfte Stimme hinter sich. Unbemerkt ist der Prior hinter ihn getreten.

Er lächelt ihm zu. „Ich freue mich, dich zu sehen. Ich muss deinen Eifer loben. Du bist früh auf den Beinen. Gestern sah ich dich noch spät über den heiligen Büchern sitzen. Du übertrugst einen Psalter in schönen und klaren Lettern auf ein Stück Pergament.“

„Ja, Pater Prior, das Kopieren macht mir Freude, wie Ihr wisst. Ich helfe gern, Gottes Wort zu verbreiten."

Der Prior hebt warnend den Zeigefinger. „Ich fürchte nur, dass du dich übernimmst, Bruder Laurentius. Auch ein Mönch braucht seinen Schlaf."

Laurentius blickt wieder zum weiten, sternenübersäten Himmel hinauf. „Wie kann man schlafen in einer Nacht wie dieser, in der sich der Himmel mit der Erde versöhnt in einem Kind?", erwidert er leise und sieht seinen Vorgesetzten erwartungsvoll an.

„Du hast recht. Diese Nacht ist die schönste, die Gott je geschaffen hat", nickt der Prior. „Wie still der

Garten ist. Als ob die Bäume und Sträucher mit uns auf die Ankunft des Sohnes Gottes warteten."

Laurentius schiebt sein Gesicht lauschend vor, als könnte er die Erde atmen hören.

„Die Natur ist so feinfühlig wie das Herz eines Menschen, Laurentius. Wir müssen nur lauschen, um ihre Stimme zu vernehmen."

Laurentius geht plötzlich zwei, drei Schritte in den Garten hinein. „Schaut, Pater Prior! Ein frisches Reis! Mitten im kalten Winter. Und an seiner Spitze blüht eine makellose reine Rose."

„Tatsächlich", staunt der Prior. „Ein Wunder der Natur. Ein Zeichen, dass sie diese heilige Nacht beschenken möchte mit einer strahlenden Blüte. Die Rose ist das Symbol der Liebe."

Die Hände des Mönches umschließen schützend die kostbare Gabe, die der Garten hervorgebracht hat. „Diese Christnacht des Jahres 1587 wird mir besonders im Gedächtnis bleiben, Pater Prior."

Der Obere nickt. Die Glocke beginnt zu läuten. „Ich werde Euch gleich folgen“, lächelt Mönch Laurentius. „Ich möchte diesen Augenblick festhalten in einem Lied.“ Laurentius schließt die Augen, während sich die Verse auf seinen Lippen formen:

Es ist ein Ros entsprungen
aus einer Wurzel zart,
wie uns die Alten sungen,
von Jesse kam die Art,
und hat ein Blümlein bracht
mitten im kalten Winter
wohl zu der halben Nacht.

Das Röslein, das ich meine,
davon Jesaja sagt,
ist Maria, die Reine,
die uns das Blümlein bracht.
Aus Gottes ewgem Rat
hat sie ein Kind geboren
und blieb doch reine Magd.

Das Blümelein so kleine,
das duftet uns so süß;
mit seinem hellen Scheine
vertreibt's die Finsternis,
wahr' Mensch und wahrer Gott,
hilft uns aus allem Leide,
rettet von Sünd und Tod.

Es kommt ein Schiff, geladen

Es kommt ein SCHIFF, GELADEN

Kalt ist es heute, kälter als an anderen Wintertagen. An den Ufern des Rheins stauen sich die Eisschollen, der Strom zieht behäbig seine Bahn. Ein leichter Dampf liegt über dem Strom, ein Zeichen, dass das Wasser etwas wärmer ist als die frostklare Luft. Manchmal fährt ein Schiff lautlos in Ufernähe vorbei, das Segel wie ein Scherenschnitt gegen den lohfarbenen und grauen Himmel gesetzt.

Es sind kaum Menschen auf der Gasse unterwegs, und die in die Kälte hinaus müssen, beeilen sich, ihre Einkäufe zu erledigen und in den Schutz der warmen Stube zurückzukehren.

Nur zwei Jungen kommen, sich an den Ärmeljacken ziehend und die Mützen vom Kopf reißend, die Straße herunter, die zum Rhein führt. Die Winterkälte tut ihrem Übermut keinen Abbruch, denn nun beginnt einer dem anderen nachzulaufen, der etwas krampfhaft in der Hand hält.

„Bleib stehen, Bernhard, und gib mir den Taler zurück. Ich muss ihn bei Meister Kiefel abliefern.“

Doch Bernhard denkt gar nicht daran, das Geldstück herauszugeben. Je eindringlicher der Freund bittet, umso starrköpfiger wird er.

„Ätsch, hättest du ihn mir nicht gezeigt, wäre er noch in deiner Hand. Jetzt gehört er mir, mir, mir!“

„Bernhard, ich bitte dich, gib ihn mir zurück. Es dämmert bereits, und wenn es von St. Martin fünf schlägt, muss ich zu Hause sein.“

„Dann kommst du heute eben etwas später“, lästert Bernhard. Herausfordernd blickt er den Freund an.

„Das geht nicht. Mein Vater legt mich über's Knie!“ Karls Gesicht nimmt einen verzweifelten Ausdruck an.

„Umso besser“, ruft Bernhard und tanzt Karl vor der Nase herum. „Dann besorgt dein Vater das, was ich schon längst tun wollte. Eine Tracht Prügel hast du schon lange verdient.“

„Ich habe dir nichts getan“, beharrt Karl. „Los, rück den Taler heraus.“

Bernhard tänzelt um Karl herum. Hat er etwa Spaß an der Angst des Freundes?

„Nichts getan? Nichts getan? Neulich hast du mich vor den Kameraden ausgelacht, weißt du nicht mehr? Als ich mit dem Handwagen vom Rhein heraufkam und mich schwertat mit der Last. Zieh du einmal ein schweres Weinfass, das hat sein Gewicht.“

Karl versucht sich zu verteidigen. „Ich habe nicht angefangen, Bernhard, ich nicht. Das war der Ferdinand aus der Klingergasse, erinnerst du dich nicht?“

Bernhard lässt Karls Erklärung nicht gelten. „Ich erinnere mich nur an ein grinsendes Gesicht, Karl, nur an deins. Und deshalb lasse ich dich noch ein Weilchen schmoren.“

„Dann verhaut mich mein Vater, wenn ich nicht rechtzeitig von Meister Kiefel zurück bin.“

Bernhard hat nun drei, vier Schritte Abstand von seinem Freund, weit genug, um den Taler in die Luft zu werfen und geschickt aufzufangen. Karl müht sich vergeblich, das Geldstück zu erwischen. Bernhard ist flinker. Das geht nun eine Weile so: Bernhard wirft den Taler hoch, Karl schnappt vergeblich nach ihm. Darüber haben sie nicht bemerkt, dass ein Mönch in brauner Kutte die Straße heraufkommt und neben ihnen stehen bleibt.

„Halt! Schämt ihr euch nicht?“, ruft er und hält Karl am Ärmel fest. „Schaut, wie ihr ausseht. Du hast ja eine völlig verschmutzte Hose!“ Er deutet auf Bernhard.

„Bernhard hat mir meinen Taler gestohlen, den ich zu Meister Kiefel bringen muss“, rechtfertigt sich Karl.

„Nicht gestohlen!“, braust Bernhard auf. „Nur – ausgeliehen. Er bekommt ihn gleich zurück. Wissen Sie, Karl hat …“

„Ich will nichts wissen. Muss es denn immer Streit geben auf der Welt? Irgendwann müssen die Menschen doch anfangen, sich zu vertragen. Wenn ihr euch als Freunde schon streitet, wie viel mehr Zwietracht gibt es erst unter den Erwachsenen und unter den Völkern, die Krieg gegeneinander führen?“ Sich Bernhard zuwendend fragt der Mönch: „Hast du ihm den Taler wirklich nicht gestohlen?“

„Nein, Ehrenwort! Ich habe ihm das Silberstück nur für eine Weile weggenommen, weil er mich neulich ausgelacht hat. Er bekommt es um fünf Uhr zurück."

„Dann ist es zu spät, das weißt du", ruft Karl mit weinerlicher Stimme. „Ich muss um fünf Uhr zu Hause sein, sonst setzt es Prügel."

Der Mönch packt Bernhard fest am Arm und ergreift dann Karls Hand.

„Schluss jetzt. Du gibst ihm den Taler zurück, und dann reicht ihr euch die Hände. Los, wird's bald? Wir leben im Advent – und ihr streitet euch wie die Kampfhähne. Habt ihr denn gar keinen Vorsatz gefasst für die stille Zeit?"

Karl und Bernhard schauen sich an. Karls trauriges Gesicht hellt sich spürbar auf, nachdem er den Taler zurückerhalten und in die Tasche gesteckt hat. Bernhard lächelt spitzbübisch. Für wenige Augenblicke ruhen ihre Hände ineinander.

„Das war ja ein rascher Friedensschluss", nickt der Mönch. „Wenn die Politiker, die Fürsten der Welt und der Kirche doch ebenso schnell zu einer Einigung kämen.

Aber die Zeit ist dunkel." Auf dem Gesicht unter der Kapuze liegt ein trauriger Schimmer. Karl blickt den Mönch aufmerksam an.

„Sind Sie nicht der Dominikaner, der …"

„Ja, ich bin Johannes Tauler aus dem Orden der Dominikaner, ganz recht. Woher kennst du mich, Junge?"

Karl fasst nun Mut, der Streit mit Bernhard ist fast vergessen. „Ich hörte meine Eltern über Sie reden. Wir wohnen nämlich neben dem Kloster von St. Gertraud. Die Nonnen sprachen neulich von einem Mönch, der aus Straßburg erwartet würde. Mein Vater musste frisches Stroh für die Betten der Schwestern liefern, und da erfuhr er es."

Johannes Tauler nickt. „Ja, ich halte hier in Köln Exerzitien, geistige Übungen, und bereite die Nonnen auf das Christfest vor."

„Sie müssen ein berühmter Mann sein", bestätigt Karl anerkennend. Er sonnt sich ein bisschen in dem Wissen, das er Bernhard voraus hat. Der Freund steht staunend dabei und blickt mal auf Karl und dann auf den Fremden.

„Nein, nein, berühmt bin ich nicht. Ich bin ein Volksprediger, vielleicht kennen mich daher viele Menschen. Ich will auch nicht berühmt werden, Junge, sondern ein wahrer Diener Gottes sein. Aber nun geht, ihr beiden, und streitet nicht mehr. Du musst jetzt rasch deinen Taler zu Meister Kiefel bringen", wendet er sich an Karl, „es geht auf fünf Uhr zu und die Dämmerung steigt aus den Rheinwiesen empor. Marsch, lauf, damit du keine Tracht Prügel bekommst."

Bernhard und Karl verabschieden sich. „Denkt daran, dass wir in wenigen Wochen die Geburt des Heilands feiern, auf den die Welt mit Sehnsucht wartet!", ruft Johannes Tauler den beiden Jungen nach, die ihren Streit längst vergessen haben und nebeneinander die Straße hinunterlaufen. Der Mönch sieht ihnen lächelnd nach.

Mit Sehnsucht erwartet ..., denkt er. Dabei ist die Welt voller Unrast und Uneinigkeit. Der Heilige Vater residiert in Avignon, und seine Rückkehr nach Rom ist immer noch zweifelhaft. Kaiser Karl IV. sind die

politischen Belange in Italien gleichgültig. Wie soll da Frieden werden?
Die Dämmerung geht allmählich in satte Dunkelheit über. Die Kälte kriecht schwerfällig aus der Erde, bedeckt die schweigende Welt. In der Stadt sind längst Lichter aufgeflammt, wie Positionslampen stehen sie am Rhein, wie Wegweiser an den Straßenecken.
Lichter braucht die dunkle Welt, ja, viele Lichter, erst recht in dieser Adventszeit 1357, überlegt Johannes Tauler. Er hat die Kapuze tiefer ins Gesicht gezogen und die Kutte enger um die Schultern gelegt. Er hört das Wasser des Rheins mit gurgelnden Lauten in der Nähe vorüberrauschen, dann wieder ist es still, über dem Spiegel des Wassers liegt ein ferner Glanz.
Kommt da nicht ein Schiff den Strom herauf? Kämpft es dort nicht lautlos gegen die Strömung an? Noch ist nicht mehr zu erkennen als die dunkle Ahnung von einem unwirklichen segelbespannten Kahn, der beladen ist mit unbekannter Fracht. Wären es doch Gaben des Friedens, denkt der Dominikanermönch.

Nun bauschen sich die Segel, als der Wind hineinfährt. Käme doch Gottes Geist so daher und erfüllte die Herzen der Menschen, die Frieden stiften könnten. Was zeigt sich dort in der Mitte des Schiffes? Es kommt Tauler vor, als schwebten Engel, durchsichtig wie Glas, um den Mast. Ja, eine ganz feine, leise Musik weht die Brise zu ihm herüber ans Ufer. Das Herz des Mönchs schlägt schnell, empfängt mit einem Male so viel Trost. Das Kind ..., das Kind wird kommen, der Retter der Welt wird geboren werden in Gestalt eines Kindes.

Der Himmel wird sich öffnen in der heiligsten der Nächte und sich mit der Erde versöhnen ...

Taulers Kopf beginnt Worte zu finden, Reime zu formen, ein Gedicht entsteht, ein Lied, das die Rheinschiffer zwischen Basel und Rotterdam und später Generationen von Menschen zur Adventszeit singen werden:

Es kommt ein Schiff, geladen
bis an sein' höchsten Bord,
trägt Gottes Sohn voll Gnaden,
des Vaters ewigs Wort.

Das Schiff geht still im Triebe,
es trägt ein teure Last;
das Segel ist die Liebe,
der Heilig Geist der Mast.

Der Anker haft' auf Erden,
da ist das Schiff am Land.
Das Wort will Fleisch uns werden,
der Sohn ist uns gesandt.

Zu Betlehem geboren
im Stall ein Kindelein,
gibt sich für uns verloren;
gelobet muss es sein.

O Tannenbaum,

o Tannenbaum

O Tannenbaum, O TANNENBAUM

Im Lehrerzimmer der Nikolaischule in Leipzig geht der Rektor mit dem Lehrer Ernst Anschütz hart ins Gericht. „Nein, und nochmals nein, Herr Anschütz! Ihre Gutmütigkeit in Ehren! Jetzt muss ein Exempel statuiert werden. Sie untergraben mit Ihrer fortwährenden Duldsamkeit unseren Lehrerstand, unsere Pädagogenehre. Wo kämen wir denn hin, wollten wir uns alles gefallen lassen!“

Das Lehrerkollegium tut, als beschäftige es sich mit anderen Dingen, dabei horcht ein jeder angestrengt, dass ihm ja kein Wort des Disputes entgehe.

„Nicht alles, Herr Rektor, nicht alles sollten wir uns gefallen lassen“, verteidigt sich Lehrer Anschütz. „Auch ich bin für angemessene Strafen, jedoch …“

„Ihre Meinung habe ich nun zum wiederholten Male zu hören bekommen“, ereifert sich der Rektor. „Verschonen Sie mich mit Ihrer Nachsichtigkeit, mit Ihren Entschuldigungen. Schluss jetzt, Herr Anschütz, basta!“

Das ist ein Wort! Der Rektor sieht sich triumphierend um. Nickt ihm da nicht jemand unauffällig zu? Gibt ihm das Augenzwinkern nicht zu verstehen, dass das Lehrerkollegium seine Meinung teilt?

Herr Anschütz gibt nicht auf. „Ich protestiere, Herr Rektor! Ich bin auch Pädagoge, Erzieher aus Überzeugung, ja, Leidenschaft, das kann ich wohl von mir behaupten. Aber ich bin gegen ungerechtfertigte Härte. Im Falle des

Schülers Xaver Höltin muss ich gegen eine so folgenschwere Strafe Einspruch erheben."
Der Rektor wird seine Autorität durch die Einwände eines einzelnen Lehrers nicht ins Wanken bringen lassen. „Wenn ein Schüler einen so groben Unfug macht wie im Falle des Schülers Höltin, muss er bestraft werden. Zehn Stockhiebe und sechs Stunden Karzer sind angemessen."
Wir wissen nicht, was dem Schüler Xaver Höltin zur Last gelegt wird. Ob er bei den niedrigen Temperaturen im Winter Wasser verschüttet und zur Freude der Schülerinnen und Schüler eine Eisbahn geschaffen oder das Schultor verriegelt und den Schlüssel versteckt hat. Jedenfalls ist der Rektor außer sich und droht mit Schulverweis und körperlicher Züchtigung. Dagegen wehrt sich Herr Anschütz. Herr Anschütz spricht eher von einem „Dummejungenstreich" und zitiert einen Artikel,

den er in den „Pädagogischen Blättern“ veröffentlicht hat. Darin ist von Erziehung zur Mitverantwortung die Rede, von behutsamer Formung und verständnisvollem Miteinander von Lehrer- und Schülerschaft. Mit solchen Begriffen kann der Rektor nichts anfangen. Er beharrt auf Autorität, auf Zucht und Ordnung und im Falle wie diesem auf Durchgreifen und harter Bestrafung. Lehrer Anschütz ist da anderer Ansicht und meint, die Sache mit einem ernsten Verweis auf sich beruhen zu lassen.

„Das ist Amtsanmaßung!“, schreit der Rektor. „Sie erdreisten sich, mir Vorschriften machen zu wollen? Mir, dem Rektor der Nikolaischule in Leipzig? Sie ziehen durch Ihr Ansinnen mein pädagogisches Urteilsvermögen in Zweifel, Herr Anschütz! Das wird Folgen haben, Folgen, das verspreche ich Ihnen. Nötigenfalls mit einem Disziplinarverfahren.“

Lehrer Anschütz schleicht nach der letzten Unterrichtsstunde bedrückt nach Hause. Dieser Tag wird ihm wohl zeitlebens im Gedächtnis bleiben. Es ist der 19. Dezember 1824. Hat er sich in der Auseinandersetzung mit dem Rektor zu weit vorgewagt? Hätte er den Dingen ihren Lauf lassen sollen? Was, wenn er nun entlassen wird? Mit fast sechzig Jahren würde er keine neue Anstellung finden. Doch gegen seine Überzeugung handeln – nein, das kann Lehrer Anschütz nicht.
Ernst Anschütz hört Schellengeläute. Ein Schlitten, mit Tannenbäumen beladen, biegt in die Straße ein, in der er zu Hause ist. Sechs Männer laden die Bäume vor den Häusern am Marktplatz ab. Das Grün tut den Augen gut. Das Grün nimmt den Kummer aus dem Herzen. Da kommen Menschen, die sich den Tannenwald ansehen. Nein, sie betrachten ihn nicht nur, sie kaufen

auch Tannenbäume. Ob ich mir auch so ein Bäumchen ins Haus hole?

Ernst Anschütz stellt den kleinen Tannenbaum mitten ins Zimmer. Er gibt ihm den schönsten Platz. Von allen Seiten kann er ihn betrachten und sich an ihm freuen. Du grünst trotz Kälte und Frost, denkt der Lehrer, du bist der Inbegriff der Hoffnung. Der Streit mit dem Rektor der Nikolaischule wird beim Anblick dieses Hoffnungszeichens klein.

Am Abend dieses denkwürdigen Tages ist ein schönes Lied fertig, ein Lied, das heute noch in der Weihnachtszeit den Menschen ein Begriff ist, die gern unter dem Tannenbaum singen.

F C Dm
1. O Tan-nen-baum, o Tan-nen-baum, wie
Gm C F F
treu sind dei-ne Blät-ter! Du grünst nicht nur zur
Gm C
Som-mer-zeit, nein, auch im Win-ter,
F Dm Gm
wenn es schneit. O Tan-nen-baum, o
A Dm Gm C F
Tan-nen-baum, wie treu sind dei-ne Blät-ter.

2. O Tannenbaum, o Tannenbaum,
du kannst mir sehr gefallen.
Wie oft hat nicht zur Weihnachtszeit
ein Baum von dir mich hoch erfreut.
O Tannenbaum, o Tannenbaum,
du kannst mir sehr gefallen.

3. O Tannenbaum, o Tannenbaum,
dein Kleid will mich was lehren:
Die Hoffnung und Beständigkeit
gibt Trost und Kraft zu jeder Zeit.
O Tannenbaum, o Tannenbaum,
das soll dein Kleid mich lehren.

Leise rieselt

der Schnee

Leise rieselt DER SCHNEE

Warum kaust du denn so unschlüssig an deinem Federhalter herum? Dir geht doch sonst alles so leicht von der Hand, wenn du an einer Weihnachtsbotschaft schreibst.“ Anna Ebel betrachtet ihren Mann mit fragender und zugleich besorgter Miene.

„Nun, so leicht ist es mir nie gewesen, wenn ich mich auf das Weihnachtsfest vorbereitete“, erwidert Eduard Ebel und taucht die Feder wieder ins Tintenfass. „Immerhin ist das Geheimnis um dieses Fest so groß, weil sich Gott herablässt, in einem armseligen Stall zur Welt zu kommen, um sich mit armen, kranken und auch mit hochmütigen und reichen Menschen zu verbinden.“

„Auch mit den hochmütigen und reichen?“, bezweifelt seine Frau.

„Sie haben die Möglichkeit, ihr Leben zu ändern. Deshalb soll man niemanden vorverurteilen. Das Beispiel des göttlichen Kindes in der Krippe ist eine Möglichkeit dazu."
Eduard Ebel räuspert sich und liest noch einmal, was er bisher zu Papier gebracht hat. Er wurde am 7. August 1839 in Stargard, Westpreußen, geboren und studierte in Königsberg evangelische Theologie. Als Pfarramtskandidat trat er 1863 mit dem „Rauhen Haus" in Hamburg in Kontakt, eine Rettungsstation für viele gestrauchelte Menschen, deren Leiter, Johann Hinrich Wichern, durch seine vielfältigen sozialen Initiativen einen großen Einfluss auf Ebel ausübte. Hier fand er die Basis für sein weiteres seelsorgliches Wirken wie jetzt, 1866, als Pastor an der französisch-deutschen evangelischen Gemeinde in Beirut.

Was Eduard Ebel beschäftigt, ist die ganz andere Welt, in der er jetzt als Seelsorger wirkt. Die Faszination des Orients hat ihn seit der ersten Stunde ergriffen, und ein Weihnachtsfest unter strahlender Sonne in frühlingshafter Natur passt nicht in das überlieferte Bild der Heimat mit Kälte, Schnee, erstarrten Weihern und zugefrorenen Flüssen. In der Erinnerung sieht er in dunkler Winternacht dick vermummte Menschen zur Krippe in der Dorfkirche eilen. Ja, inzwischen hat sich eine nicht geringe Anzahl mit dem von Wichern entwickelten Adventskranz auf das hohe Fest vorbereitet. Dieses Bild steht Eduard Ebel jetzt vor Augen, auch wenn er sich in einem ganz anderen Abschnitt der Welt befindet.

Er hört die ermunternden Worte seiner Frau, die ihm zuspricht wie einem kranken Hund. Dann liest er, was er bisher für den Gottesdienst im Johanniterhospital zu Beirut mühsam zu Papier gebracht hat:

„Es ist Weihnacht geworden im heiligen Lande. Nicht, wie daheim, mit Schnee und Regen, nein, wie zur Zeit, als die Hirten mit ihren Herden des Nachts auf den Feldern lagerten – sonnenhell und warm. Der Regen hat den Staub des Sommers hinweggewaschen. Auf den Feldern sprießt das frische Grün, mit Anemonen und Crocus durchwebt. Die Rosenbüsche stehen in Blüte und der Himmel spannt sich klar und duftig, wie Gottes Liebe und Güte, über Syriens Weihnachtspracht."
Ebels Gedanken fliehen wieder zurück in die Heimat. Das Bild der friedlichen Weihnacht steht groß und klar vor ihm auf. Natürlich möchte er jetzt dort sein. Den Zugang zur Krippe findet er dort leichter als im Lärm des Orients zwischen bedächtig dahinziehenden Kamelkarawanen und feilschenden Händlern auf Viehmärkten. Ein Satz aus der überlieferten Welt hat sich ihm eingeprägt und sucht den Anschluss an eine neue Zeile.

Leise rieselt der Schnee,
still und starr liegt der See.

Eduard Ebel betupft die Stirn mit dem Taschentuch. Der Schweiß drängt bei dieser Hitze in die Augen. Doch noch bevor er die Wimpern erreicht hat, fallen ihm zwei weitere Zeilen ein:

Weihnachtlich glänzet der Wald:
Freue dich, Christkind kommt bald.

Ebel horcht in die lärmende Welt des Orients hinaus: Um Mitternacht läuten die Glocken der katholischen Kirche in Beirut und laden zur Messe ein. Anna tritt ans Fenster, öffnet es für einen Augenblick. Die Luft ist noch schwül und warm. Daheim herrscht jetzt klirrende Kälte. Sie überlegt, was denn angenehmer ist: sich daheim in Pelz und Muff und hochgeschlagenem Kragen auf den Kirchgang vorzubereiten oder in leichtem Kleid durch die süßlich angespannte Luft in eine der Missionskirchen zu gehen. In der Maroniten- und Jesuitenkirche hat man eine Grotte nachgebildet, in der das Christkind, von frischen Blumen und unzähligen Lichtern umgeben, ruht. In dem dämmrigen Raum gibt es keine Bänke. Die Männer stehen dicht gedrängt nebeneinander, die Frauen sind nach orientalischer Sitte durch ein hohes Gitter von ihnen getrennt. Wenn man so dicht beieinander ist, findet die Wärme ihr Schlupfloch, und im Schutz anderer Menschen verlieren Kummer und Sorgen ihre Bedrohung.

In den Herzen ist's warm,
still schweigt Kummer und Harm,
Sorge des Lebens verhallt:
Freue dich, Christkind kommt bald.

Das ist doch ein Trost, der sowohl in Preußen als auch in Syrien gilt, denn Sorgen suchen die Menschen auf dem ganzen Erdball heim. Ebel erlebt die Messe als unverständliches, wirres Gemurmel und flieht in die Dunkelheit der Nacht. Manche verspätete Kirchgänger tragen weiße Papierlaternen in den Händen. Zuweilen ertönt ein Zuruf des Nachtwächters, der seine Runden dreht.

Am Nachmittag des ersten Feiertages steht unter dem schönen Porträt Seiner Majestät des Königs und des Herrenmeisters eine Weihnachtsfeier im Hospital auf dem Programm. Dank der Spende eines Gönners der Anstalt können alle Kranken mit einem kleinen Präsent bedacht werden. Da warten die Mendile, die Kopftücher für Frauen, auf ihre Trägerinnen, Puppen für die arabischen Mädchen, Tabak in Beuteln für die Männer und kleine Bücher für die lesekundigen und -willigen Erwachsenen.

Dann werden die Kranken, dreißig an der Zahl, in den Saal geführt. Anna und Eduard helfen ihnen über die Stufen in den großen, vorbereiteten Raum. Den armen Churi Soliman, einen griechischen Priester, dem ein Bein amputiert werden soll, tragen zwei Wärter auf einem Lehnstuhl herein, andere kommen auf Krücken, ein englischer Matrose mit tiefen Brustwunden kann inzwischen wieder ziemlich gerade gehen. Sein Nachbar, der schon ein Jahr im Hospital weilt, wird den Knochenfraß nicht los. Von den Frauen und Kindern sind viele augenkrank, sie werden in den Hintergrund platziert, damit ihnen das grelle Licht nicht schadet. Ein erblindetes Mädchen kann nur erahnen, von welcher Festlichkeit es umgeben ist.

Das deutsche Lied „Stille Nacht, heilige Nacht" spannt die Brücke zu den Glück- und Segenswünschen der Anstaltsleitung, die mit orientalischem Flair Dank und Hoffnung für eine gute Zukunft zum Ausdruck bringt. Vertreter der einheimischen protestantischen Kirche, Amerikaner, Engländer, Franzosen, Araber und Deutsche

ergreifen das Wort, und die Reden können nur enden mit dem Wunsch, dass Frieden auf Erden herrsche und die Menschen geschwisterlich zusammenfinden.
Bevor Eduard Ebel die letzte Strophe des Weihnachtsliedes zu Papier bringt, fasst er seine Eindrücke von der erhebenden Feierstunde zusammen: „Die Nacht war gekommen, aber im Hause der Barmherzigkeit war es hell vom Lichterglanz, und in den Herzen von rechter, heiliger Weihnachtsfreude. O wie köstlich ist es, die Geburt dessen zu feiern, der die Elenden und Kranken, die Mühseligen und Beladenen zu sich rief, wenn man ihm dienen darf und sich der Verheißung sicher weiß: Wohl euch, was ihr getan habt dieser Geringsten einem, das habt ihr mir getan!“

Bald ist heilige Nacht;
Chor der Engel erwacht;
horch’ nur, wie lieblich es schallt:
Freue dich, Christkind kommt bald.

„Der Orient ist ein Zauberland“, schreibt Eduard Ebel. „Wer einmal seinen Boden betreten, ist mit tausend unlösbaren Banden an ihn gekettet, und wird die Sehnsucht nach seinen ewigen Höhen nicht mehr in diesem Erdenleben los. Wenn nur das Verlangen nach dem Lande des Aufgangs auch zur nie verlöschenden Sehnsucht nach dem würde, der Mensch geworden ist und dessen heilige Worte auch das Licht gewesen, das uns diesmal bei Betrachtung jener Ferne geleuchtet hat.“

Morgen, Kinder,

WIRD'S WAS GEBEN

Morgen, Kinder, WIRD'S WAS GEBEN

Am Spätnachmittag manchen Tages, nach vollbrachter Arbeit in der gewaltigen Bibliothek des Schlosses Corvey, marschierte der greise Bibliothekar Hoffmann von Fallersleben ins Städtchen. Unterwegs, auf dem Wege nach Höxter, traf er fast regelmäßig einen Unternehmer, der an der Corveyer Allee eine Fabrik gebaut hatte. Gemeinsam bewerteten sie die Tagesereignisse, tauschten sie ihre Gedanken aus. Allerdings nicht auf der Straße. Ein Schoppen Wein lockerte die Zunge, machte sie gesprächig. Eines Tages gesellte sich der Vertreter einer Zeitung zu ihnen, ein Reporter, der den berühmten Gast des Corveyer Schlosses über sein Leben befragen wollte. Fünf Jahre lebte Hoffmann von Fallersleben, der ja eigentlich Heinrich Hoffmann hieß und sich nach seinem Geburtsort nannte, damals bereits im Hause des Herzogs von Ratibor, Fürst von Corvey, der ihm nach langen Wanderjahren und Phasen der Unstetigkeit an der Weser Unterschlupf und Heimat gewährt hatte. Der Reporter wollte in dem Gespräch auf die politische Tätigkeit Hoffmanns hinaus, er sah in ihm einen versteckten Revolutionär, der sich wie viele Studenten in einer Zeit, die sich nach nationaler Einigung und politischer Freiheit sehnte, von der Politik Friedrich Wilhelms IV. enttäuscht gezeigt hatte. Als Vergeltungsmaßnahme, nicht zuletzt für seine kritischen „unpolitischen Lieder", sprach die vorgesetzte Behörde ein Vorlesungsverbot gegen Hoffmann aus und entzog ihm die Professur der deutschen Sprache und Literatur, die er seit 1830 in Breslau innegehabt hatte. Das „Deutschlandlied“, 1841 auf Helgoland entstanden, haben manche als politisches Testament verstanden.

In der Unterredung mit dem Reporter vermied Hoffmann von Fallersleben eine politisch gefärbte Diskussion. Er wollte viel lieber über seine Sammlung von Kinderliedern sprechen, die 1842, ein Jahr nach der Entlassung aus dem Universitätsdienst, herausgekommen war. „Vielleicht bin ich in einem Winkel meines Herzens Kind geblieben“, merkte Hoffmann verschmitzt an. „Deshalb sind mir im Alter meine

Kinderlieder so wichtig. In der Politik hat selten etwas Bestand, weil sie sich vordergründigen Ereignissen widmet, Erfordernissen des Augenblicks – in der Hoffnung auf Ewigkeitswert. Menschen denken schnell um. Die nächste Generation weiß die Errungenschaften der Väter schon nicht mehr zu schätzen. Jedoch Verse, in denen die Volksseele sich wiederfindet, sind von bleibendem Wert. Ich habe die Bedürfnisse des Volkes entdeckt, gerade in meiner schweren Zeit, etwa zwischen 1820 und 1840. Haben Sie meine Lieder in Ihrer Kindheit nicht gesungen?", fragte Hoffmann den Zeitungsmann mit spitzbübischem Lächeln. ‚Alle Vögel sind schon da', ‚Wer hat die schönsten Schäfchen', ‚O wie ist es kalt geworden', ‚Kuckuck, Kuckuck, ruft's aus dem Wald'?"

„Ihre Kinderlieder haben die Zeiten überdauert",

nickte der Reporter, und der Fabrikbesitzer summte mit einem Male „Ein Männlein steht im Walde“, das auch aus dem Repertoire des Dichters stammte, vor sich hin.

„Doch besonders stolz bin ich auf meine Weihnachtslieder“, betonte der Bibliothekar.

„Weihnachtslieder von August Heinrich Hoffmann von Fallersleben?“, fragte der Reporter überrascht. „Ich hätte wohl verstanden, wenn Sie Ihre politische Lyrik als Vermächtnis angesehen hätten. Also, auf die Weihnachtslieder wäre ich nicht gekommen.“

Die Herren ließen sich noch eine Flasche Wein bringen, die Bedienung schenkte nach. „Mag sein, dass es heimatliche Gefühle, Erinnerungen an die Kinderzeit sind, die mich beflügeln. Bei allen

Enttäuschungen, die ich erlebt habe: Rein und makellos steht mir heute meine Kindheit vor Augen. Sie ist wie ein Licht in der dunklen Zeit des Advents – verstehen Sie?“

Der Fabrikbesitzer zündete sich eine Zigarre an und blies den Rauch gegen den Lampenschirm, der in halber Höhe zur Decke über dem Tisch ein golden schimmerndes Licht verbreitete. Der Reporter wartete mit gespannter Aufmerksamkeit auf die weiteren Worte des Dichters.

„Ich liebe die Abende, die Winterabende im Schloss und in seiner Umgebung. Seit meine Frau Ida im Schatten der alten Abteikirche begraben liegt, ist es noch einsamer um mich geworden. Mein Sohn Franz lebt als Landschaftsmaler in Düsseldorf. Ich mache am Nachmittag öfter einen Spaziergang durch die anbrechende Dunkelheit – oder eben zum Stammtisch in die Stadt. Alles in der Natur ist in Zwielicht getaucht. Die Silhouette der Stadt Höxter verblasst hinter den Weserauen oder vor dem Brunsberg. Ich höre die Uhren schlagen von St. Kilian oder St. Nikolai. Ihre Glockentöne sind mir wie Botschaften: Du hast noch etwas Zeit, Hoffmann, aber nicht mehr viel. Dann nehmen mich die Gedanken mit auf eine weite Reise zurück. Und wohin ich auch gehe – an unserer Weihnacht komme ich nicht vorüber. Ich bin wieder Kind, meine Herren, Kind in der Unschuld der ersten

Jahre und mit den unbeirrbaren Gefühlen, die nur aus der Seele eines Kindes stammen können. Es ist mir, als holten mich die Kinderjahre wieder ein, hier, in der Stille der Schlossbibliothek und der Weserlandschaft, die mir so sehr ans Herz gewachsen ist.

Ja, hier möchte ich bleiben. Seither trage ich die Lieder der Seele stets bei mir."

Hoffmann kramte in seiner Rocktasche und zog ein Bündel Manuskripte heraus.

„Das ist die Urfassung", sagte er. „Sie ist in einigen Büchern abgedruckt worden."

„Darf ich mal sehen?", fragte der Zeitungsmann.

Wortlos überreichte ihm der Dichter seine Werke.

Morgen, Kinder, wird's was geben,
morgen werden wir uns freun!
Welche Wonne, welch ein Leben
wird in unserm Hause sein!
Einmal werden wir noch wach,
heißa, dann ist Weihnachtstag!

Wie wird dann die Stube glänzen
von der großen Lichterzahl!
Schöner als bei frohen Tänzen
ein geputzter Kronensaal.
Wisst ihr noch, wie vor'ges Jahr,
es am Heil'gen Abend war?

Wisst ihr noch die Spiele, Bücher
und das schöne Schaukelpferd,
schöne Kleider, wollne Tücher
Puppenstube, Puppenherd?
Morgen strahlt der Kerzen Schein,
morgen werden wir uns freun!

„Ja, die einfachen alten Lieder, Herr Professor, sind ein kostbarer Schatz unserer Erinnerung“, bemerkte der Unternehmer gedankenvoll und sah auf die Uhr.
„Wir werden uns aufmachen – es ist Zeit für den Heimweg.“ Hoffmann verabschiedete den Reporter und zückte das Portemonnaie.
„Nicht doch“, sagte der Fabrikbesitzer und griff nach der Brieftasche.
„Diese Stunde beim Wein war so schön, dass ich sie dem Wirt vergolden möchte.“

Am Weihnachtsbaum

DIE LICHTER BRENNEN

Am Weihnachtsbaum

DIE LICHTER BRENNEN

Die Küche hatte sich in eine Backstube verwandelt. Auf dem Tisch lag ein fertiger Teig, der darauf wartete, ausgewalzt zu werden. Die Tischplatte war mit Mehl bestreut. Seitlich häuften sich die Backförmchen, darunter Vögel und Sterne aus Blech, Halbmonde, Engel und Herzen. Auf dem Bord des Küchenschrankes befanden sich weitere Utensilien in Griffnähe, Dinge, die den Geschmack der Plätzchen verstärken würden. Katharina schaute der Mutter neugierig zu, stibitzte gelegentlich, wenn die Mutter nicht hinschaute, eine Fingerkuppe voll Teig, den sie schnell in ihrem Mäulchen verschwinden ließ.

„Sag mir bitte, wenn du mit dem Teig so weit bist, dass ich mit dem Ausstechen beginnen kann“, bat Katharina.

„Wenn du mir noch genug von dem Teig übrig lässt und ihn nicht in deinen Mund steckst, kannst du gleich anfangen“, scherzte die Mutter. Sie hatte genau bemerkt, wie oft Katharinas Probierfinger in den Teig fuhr. Katharina bekam einen roten Kopf, den sie mit der Wärme in der Küche begründete.

„Die Vögel haben keine Geduld mehr, Mutter. Sie möchten fliegen.“

„So, so, möchten sie das? Mir scheint, das Katharinchen möchte die Vögel lieber in ihren Mund fliegen sehen.“

„Woher weißt du das, Mutter? Kannst du Gedanken lesen?”

„Das herauszufinden, ist nicht schwer. Mütter wissen meist sehr genau, was ihre Töchter denken.“

Katharina betrachtete den Teig, der erst wie eine klumpige Masse auf dem Küchentisch gelegen hatte, unter

der Walze jedoch immer dünner wurde, bis er die Stärke eines Holzbrettes angenommen hatte.

„Weißt du, woraus dieser Teig besteht?“, fragte die Mutter. Ohne Katharinas Antwort abzuwarten, zählte sie auf: „Aus Mehl, Butter, Zucker, Eiern, Zimt …“

„… und Nüssen!“, ergänzte das Mädchen.

„Nüsse und Rosinen sind spätere Zutaten“, klärte die Mutter es auf.

„Wie oft muss ich noch schlafen, bis das Christkind kommt?“

„Noch dreimal, Katharina, dann ist Heiligabend. So lange musst du dich noch gedulden.“

Katharina versuchte sich vorzustellen, wie groß die Geduld sein mochte, die der Kalender oder die langsam tickende Küchenuhr ihr abverlangten. Wenn man die Tagesblätter auf dem Kalenderblock abreißen und die Uhr vorstellen würde – ob das Christkind dann eher käme?

„Weißt du übrigens, dass bei Onkel Georg in Danzig das Adventsmütterchen umgeht?“, fragte die Mutter, um die Wartezeit zu überbrücken.

„Nein, nie gehört.“

„Das Adventsmütterchen trägt einen gelben Strohhut als Symbol der Wintersonne, und es wandert Weihnachtslieder singend durch die Straßen. Dabei sammelt es allerlei schöne Knabberdinge und wohl auch Geld für die kranken und alten Menschen in den Krankenhäusern und Altenheimen.“

„Das ist ein schöner Brauch. Schau, Mutter, mein erstes Engelchen ist fertig. Jetzt kommt ein Schäfchen an die Reihe. Herrlich, dass wir so viele Förmchen zum Ausstechen haben.“

„Ja, und das Weihnachtsgebäck, das in Westpreußen hergestellt wird, nennt man ‚Thorner Katharinchen‘. Es besteht aus Mehl, Honig, Butter und Gewürzen.”

„Katharinchen – wie ich. Das ist prima."
Das Mädchen war so angeregt mit der Herstellung der Engel und Weihnachtsmänner beschäftigt, dass es seinen Bruder Konrad überhört hatte, der von draußen hereingekommen und unbemerkt hinter es getreten war.
„Genascht wird nicht!", rief Katharina, als sie ihren Bruder bemerkte, und schob ihn sanft beiseite. „Naschen ist in der Adventszeit verboten!"
„He, he, hab dich nicht so! Wie soll ich denn naschen können, wenn ich beide Hände voll habe? Ich habe die Weihnachtspyramide vom Dachboden geholt. War ein schönes Stück Arbeit."
Die Mutter bedankte sich für die Aufmerksamkeit ihres Sohnes, denn Konrad hatte die Pyramide ohne Auftrag herbeigeschafft. „Dann wollen wir gleich auch die zwölf Kerzen, das Symbol für die zwölf Monate, aufstecken."
„Nicht nötig", sagte Konrad stolz, „ist bereits geschehen."

Konrad stellte die Pyramide auf den Wohnzimmertisch. Während er sie betrachtete, sagte er in Gedanken nochmals das Gedicht auf, das er am Heiligabend auf Vaters Wunsch vortragen sollte.

O schöne, herrliche Weihnachtszeit!
Was bringst du Lust und Fröhlichkeit!
Wenn der heilige Christ in jedem Haus
teilt seine lieben Gaben aus.
Und ist das Häuschen noch so klein,
so kommt der heilige Christ hinein,
und alle sind ihm lieb wie die Seinen,
die Armen und Reichen,
die Großen und Kleinen.
Der heilige Christ an alle denkt,
ein jedes wird von ihm beschenkt.
Drum lasst uns freuen und dankbar sein!
Er denkt auch unser, mein und dein!

„Ich kann's", sagte Konrad.
„Was? Du führst wohl Selbstgespräche", hänselte ihn die Schwester.
„Das Gedicht von Hoffmann von Fallersleben. Aber davon hast du ja keine Ahnung. Er ist ein bekannter Dichter."
„Vater ist auch ein Dichter", beharrte Katharina.
„Nicht so bekannt wie von Fallersleben", lächelte die Mutter. „Vater schreibt Liedtexte."
Katharina wechselte das Thema. Beim Doktor Baderhausen hätten sie in diesem Jahr zum ersten Mal einen Tannenbaum, merkte sie an. Den würden sie mit silbernen Kugeln schmücken, die in Thüringen eigens geblasen würden. Und sie fragte: „Kann man Kugeln denn blasen?"
„Klar, es gibt doch Glasbläser", klärte Konrad sie auf. „Die Kugeln sind hauchdünn, hat mir Wolfgang erzählt. Man darf sie nicht drücken oder pressen, sonst zerplatzen sie wie eine Seifenblase."

Mutter hatte ebenfalls bereits von diesem neumodischen Brauch gehört.

Konrad wusste noch mehr: Es gäbe auch kleines Holzspielzeug aus Thüringen, mit dem man die Tanne schmückte. Die Tiere führen auf kleinen Rädern, die Vögel könnten gar mit den Flügeln schlagen und zwitschern, und es gäbe gar Puppen mit Schlafaugen.

Natürlich wünschte sich Katharina sogleich eine Puppe dieser Art vom Christkind. Und Konrad sprach sich für den Kauf eines Tannenbaumes aus, den man herrlich mit Holzspielzeug behängen könnte.

„Nun übertreibt aber nicht!“, mahnte die Mutter, „Müssen wir denn alles, was neu ist, ebenfalls sofort haben? Schaut, wie schön unsere Weihnachtspyramide ist! Und unser Weihnachtsmenü steht bereits in der Vorratskammer bereit – ein saftiger Rinderbraten mit Äpfeln und Pflaumen …“

„Mit einem Rinderbraten kann man aber nicht spielen“, meinte Katharina.

„Und großen Hunger habe ich auch nicht.“

„Kein Wunder, du hast ja auch fortwährend vom Plätzchenteig genascht“, stellte Konrad klar und erntete einen Rippenstoß von seiner Schwester.

„Heinrich hat sich eine Trompete gewünscht und eine Trommel mit Schlagstöcken, wie sie die Soldaten beim Zapfenstreich gebrauchen.“

Die Mutter versuchte die Hoffnung auf unerfüllbare Wünsche zu dämpfen. „Das geht nicht, Kinder, schlagt euch das aus dem Kopf. Wenn Vater das hören würde …“

„Hat er schon!“, rief er von der Tür her, durch die er unbemerkt eingetreten war. Er bewunderte die ersten fertigen Plätzchen, deren Teig unter Katharinas Hand in schillernde Figuren verwandelt worden war mit Zuckerüberguss und drapierten Nüssen. „Engel, Hirten, Herzen, Schafe, Sterne. Wunderschön!“

„Und Vögel! Die Vögel, Vater, hast du vergessen.“

„Ich hoffe, du bist nicht böse, weil die Kinder so unverschämte Wünsche haben“, wandte sich die Mutter an ihren Mann. „Sie denken, weil andere reich beschenkt werden, müssten sie es auch.“
„Ich kenne doch Konrad und Katharina! Sie sind einsichtig, wenn man ihnen erklärt, dass wir uns ausgefallene Wünsche nicht leisten können“, beruhigte Hermann Kletke seine Frau. „Allerdings an einem Tannenbaum mit Weihnachtsschmuck hätte auch ich meine Freude“, fügte er augenzwinkernd hinzu.
Die Kinder brachen in Freudenrufe aus. Sie umtanzten ihre Eltern und wollten lange keine Ruhe geben. Schließlich zog der Vater einen Brief aus der Tasche.
„Wisst ihr, was mir Hans-Christian Andersen geschrieben hat?“
„Der große Märchendichter hat dir geschrieben?“, staunte Katharina.

„Ja, hört mal zu: ‚Den großen Tannenbaum stellt man in das mit Sand gefüllte Fass. Ringsherum wird dies mit grünem Zeug behängt. An den Zweigen befestigt man kleine Netze aus farbigem Papier; jedes Netz ist mit Zuckerwerk gefüllt. Vergoldete Äpfel und Walnüsse hängen herab; über hundert rote, weiße und blaue Lichter werden in den Zweigen festgesteckt. Puppen stehen im Grün herum; hoch oben schwebt ein Stern in Flittergold.“

Puppen …, Sterne …? Katharina war in einer anderen Welt.

„Ich habe Bilder gesehen, hübsch, wirklich sehr hübsch“, ergänzte der Vater.

„Setz den Kindern keine Flausen in den Kopf, Hermann“, warnte die Mutter. „Ich habe mir sagen lassen, dass der Schmuck, den ein Weihnachtsbaum erfordert, nicht billig ist.“

„Ihr habt wohl schon mit einem Baum geliebäugelt, he?" Der Vater dehnte jedes seiner Worte und sah seine Familie der Reihe nach an.

„Ich für meinen Teil meine, dass wir in diesem Jahr auf den Tannenbaum verzichten sollten", sagte Mutter energisch. „Es ist eine Frage des Geldes. Wir haben noch Rechnungen zu begleichen."

„Vielleicht klappt es ja im nächsten Jahr", versuchte Konrad zu trösten.

„Vater, liest du uns später noch etwas über den Weihnachtsbaum vor?", bat Katharina. „Woher er kommt und wo man ihn am Christfest aufstellt?"

„Nein, ich weiß etwas viel Besseres", schlug die Mutter vor. „Vater schreibt uns ein Lied, ein Lied vom Christbaum mit seinen Lichtern, seinem Glanz, den silbernen Kugeln und den goldenen Äpfeln – und wir stellen uns vor, die Tanne stünde direkt vor unserer Nase mitten im Zimmer."

„Die schimmernden Walnüsse nicht zu vergessen“, ergänzte Konrad. Das Wasser lief ihm im Munde zusammen.

„Vater, und Engel sollen auch in dem Lied vorkommen. Weihnachtsengel, die unter dem Tannenbaum stehen.“

So setzte sich Hermann Kletke kurz vor Weihnachten 1841 an seinen Schreibtisch und schrieb in Anlehnung an ein altes Volkslied, aber auch an die Kinderwünsche für seine Frau, Konrad und Katharina folgendes Weihnachtslied:

D D G
1. Am Weih-nachts-baum die Lich-ter bren-nen,
A7 D
wie glänzt er fest - lich, lieb und mild,
A7 D
als spräch' er: Wollt in mir er - ken-nen
A7 D
ge - treu - er Hoff - nung stil - les Bild.

2. Die Kinder stehn mit hellen Blicken,
das Auge lacht, es lacht das Herz.
O fröhlich seliges Entzücken!
Die Alten schauen himmelwärts.

3. Zwei Engel sind hereingetreten,
kein Auge hat sie kommen sehn.
Sie gehen zum Weihnachtstisch und beten
und wenden wieder sich und gehen.

4. „Gesegnet seid, ihr alten Leute,
gesegnet sei, du kleine Schar!
Wir bringen Gottes Segen heute
dem braunen wie dem weißen Haar!

5. Zu guten Menschen, die sich lieben,
schickt uns der Herr als Boten aus.
Und seid ihr treu und fromm geblieben,
wir treten wieder in dies Haus!“

6. Kein Ohr hat ihren Spruch vernommen;
unsichtbar jedes Menschen Blick
sind sie gegangen und gekommen.
Doch Gottes Segen blieb zurück!

O du fröhliche,

O DU SELIGE

O du fröhliche, O DU SELIGE

Der Legationsrat Johannes Daniel Falk, seines Zeichens Schriftsteller und Erzieher, steht am Fenster seiner Weimarer Wohnung und sieht in den wirbelnden Schnee hinaus. Es ist eisig kalt draußen und die Kälte versucht durch die Fensterritzen in die Studierstube einzudringen. Dort blubbert ein Ofen und strömt wohlige Wärme aus. Der Legationsrat macht sich sorgenvoll seine Gedanken: Es ist eine unruhige, unselige Zeit. Napoleon in Deutschland. Der vierte Koalitionskrieg und kein Ende in Sicht. Alle

Diplomatie hat das Blutvergießen nicht verhindern können. Verhandlungen verliefen fruchtlos. Zwiespältig war das Gerede.

Misstrauen herrscht zwischen den Völkern. Napoleon ist ein Fuchs. Während er zum Schein verhandelt, rüstet er sein Heer. Friedrich Wilhelm III. hat keine guten Ratgeber. Seine Generäle sind zu alt, die Armee ist zu unbeweglich. Minister Hardenberg scheint zu gutgläubig zu sein. Der Reichsfreiherr vom Stein hat sich nicht durchsetzen können. – So nimmt die Tragödie ihren Lauf. Prinz Louis Ferdinand von Preußen ist gefallen. Der Tod geht um in Jena und Auerstädt. Das schöne Erfurt kampflos abgetreten …

Als es klopft und Falk „Herein!“ ruft, erscheint die Wirtschafterin. „Herr Legationsrat, dieses

Schreiben fand ich im Hausflur. Ich weiß nicht, wer es abgegeben hat. Der Bote muss in der Dunkelheit heimlich gekommen sein und den Brief unter dem Türschlitz durchgeschoben haben."

Der Legationsrat bedankt sich, antwortet auf die Frage, ob er jetzt seinen Tee wünsche, mit Nein, was bei der Wirtschafterin ein unverständliches Kopfschütteln hervorruft, dann öffnet er den Brief. „Schon wieder ein Gesuch um Hilfe", seufzt er. „Die Geistlichen und Lehrer wissen nicht, wo sie die auf der Straße herumirrenden Jugendlichen noch unterbringen sollen. Kriegswaisen sind es, Martha, und entwurzelte junge Menschen, die der Krieg vor sich hertreibt wie

vom Baum gefallene Blätter. Wohin sollen sie gehen, die haus- und heimatlos geworden sind? Man muss sich um sie kümmern!“
Johannes Daniel Falk presst die Hände zu Fäusten, sodass die Fingerknöchel weiß hervortreten.
„Man, ja. Aber nicht Sie, Herr Legationsrat“, wagt die Wirtschafterin einzuwenden. „Alles bleibt an Ihnen hängen. Geht zu Herrn Falk, heißt es immer. Sie sind zu gutmütig, Herr Legationsrat, zu mitleidsvoll. Sollen andere doch auch einmal etwas tun!“
Falk schüttelt unwillig den Kopf. „Gott verzeih Ihnen, Martha, ich rechne Ihnen zugute, dass Sie um meine Gesundheit besorgt sind. Aber es gibt Tage, an denen der Mensch nicht an sich, sondern an seine Mitmenschen

denken muss. Und solche Tage sind angebrochen, meine Liebe. Es ist Krieg, und wenn die Unvernunft schon Abertausende Männer auf die Schlachtfelder treibt, müssen ein paar Besonnene sich derer annehmen, die den Stürmen der Zeit wehrlos ausgeliefert sind."

Die Wirtschafterin gibt noch nicht auf. „Aber Sie können doch kaum etwas tun, Herr Legationsrat. Sie besitzen keine finanziellen Mittel mehr."

Falk stampft mit dem Fuß auf wie ein aufsässiges Kind. „So werde ich sie beschaffen! Sobald die Tage etwas ruhiger sind, liebe Martha, werde ich von Amt zu Amt gehen und mich an die großherzogliche Regierung und andere staatliche Stellen wenden. Es muss geholfen werden!"

„Den Herrn Geheimen Rat Goethe werden Sie hoffentlich nicht verschonen!“ Falk überhört die Anspielung. Er überlegt bereits, welche Institutionen er aufsuchen wird, um sein Anliegen vorzutragen.

„Sie sind ein unverbesserlicher Optimist“, hört er Martha wie von Ferne sagen.

„Ich bin Christ, das lässt mich hoffen, meine Mission möchte Erfolg haben. Mein Ziel ist: Ich möchte eine Gesellschaft gründen. Sehen Sie, Martha, ich habe die Konzeption bereits ausgearbeitet.“

Falk breitet auf dem Schreibtisch einige Papiere aus. „Ich möchte eine ‚Gesellschaft der Freunde in der Not‘ gründen. Das ist ein neutraler Titel, der zugleich zu erkennen gibt, worauf es ankommt. Das ist der erste Schritt. Die Kinder und Jugendlichen müssen von der Straße!“ Martha blickt auf die Zeichnungen und Zahlen, die sich vor ihrem Auge ausbreiten. Vorstellen, was entstehen soll, kann sie sich anhand der Unterlagen nicht. Das sind für sie „böhmische Dörfer“. Doch sie hat eine Idee: „Warum bauen Sie nicht gleich Kranken- und Waisenhäuser, damit alle, die Not leiden, ein Dach über den Kopf bekommen?“

Falk ist von dem Vorschlag begeistert. Zwei Fliegen mit einer Klappe – dass er nicht selbst darauf gekommen ist! Frauen sind wirklich die praktisch denkenden Menschen!

„Gebe Gott, dass ich das nicht mehr erleben muss. Ich komme jetzt schon selten vor Mitternacht in die Federn – Ihretwegen.“

Die Wirtschafterin rauscht hinaus. Dass ihre Idee so gut sein würde, hat sie nicht erwartet …

Eine gute Seele, denkt der Legationsrat. Wie kann ich ihr begreiflich machen, dass es um das Heil so vieler entwurzelter Menschen geht? Dass es nicht genügt, sie satt zu bekommen oder ihnen ein paar Nächte ein Dach über den Kopf zu geben – sondern Heimat, eine Heimat für Leib und Seele. Ja, Johannes Daniel Falk, du Sohn eines armen Perückenmachers aus Danzig, du hast dir einen dicken Klotz ans Bein gebunden. Nun sieh auch zu, dass du ihn bewegst …

Es beginnt zu schneien. Der Himmel ist von einem grauen Schleier bedeckt. Er senkt sich wie ein Leichentuch über die zerstörten Auen. Eine Woche noch ist es bis Weihnachten! Noch immer kein Fest des Friedens. Ich sollte zum Christfest die Armen zu Gast laden, die jetzt außerhalb des Weimarer Schlosses in den Gräben kauern und nicht wissen, wohin. Ich sollte ihnen …"

Falk unterbricht sich und eilt zur Tür. „Martha, Martha!", ruft er in den Hausflur.

„Wo brennt es denn, Herr Legationsrat?", ruft die treue Wirtschafterin und kommt keuchend die Treppe herauf.

„Mein Herz brennt, Martha, verstehen Sie, und ich hoffe, auch das Ihre steht in Flammen. Wir werden Weihnachten Gäste haben!"

„Gäste?"

„Ja, arme und heimatlose Gäste."

Martha baut sich vor dem Legationsrat auf: „Womit soll ich sie bewirten,

Herr Falk? Haben Sie noch ein fettes Schwein im Stall, das Sie schlachten wollen, oder plötzlich einen ungenannten Gönner gefunden?"
„Nein, nein, Martha, wir werden improvisieren." Der Legationsrat geht stolz im Zimmer auf und ab, als sei dieser Gedanke die Idee des Jahrhunderts.
„Im…, impro…"
„Improvisieren, jawohl! Wer seinen Geist anstrengt, bekommt auch etwas auf die Beine."
Falk eilt an seinen Schreibtisch und nimmt Papiere auf.
„Sie schreiben an Napoleon, nicht wahr?", frotzelt die Wirtschafterin.
„Napoleon? Wo denken Sie hin, Martha. Ich will versuchen, ein paar Verse zu

überarbeiten, die ich in meinen Papieren wiederentdeckt habe. Sie kennen doch dieses alte sizilianische Seemannslied zu Ehren der Jungfrau Maria, das Johann Gottfried Herder von einer Italienreise mitbrachte?"

Falk pfeift den Anfang einer Melodie, die Martha sogleich wiedererkennt, denn sie nickt zuerst begeistert, dann aber wird sie traurig. „Das ist die Melodie, die Sie immer mit Ihren Kindern gesungen haben, Herr Falk – als sie noch lebten. Aber sie weht Ihnen keine Geldnoten durchs Fenster herein, mögen Sie noch so gut pfeifen."

Falk hatte zunächst einen eigenen Text zu der Melodie geschrieben, der ihm aber nicht gefiel. Darauf hatte er seinen Freund Goethe um neue Strophen gebeten. Der Geheime Rat war diesem Wunsch bisher noch nicht nachgekommen, und so unternahm der Legationsrat selbst einen neuen dichterischen Versuch, den er der Wirtschafterin jetzt vorstellt.

„Jetzt hören Sie mal, was ich bisher zu Papier gebracht habe“, bittet er und liest:

O du fröhliche, o du selige,
gnadenbringende Weihnachtszeit!
Welt ging verloren, Christ ist geboren:
Freue, freue dich, o Christenheit.

„Die Menschen brauchen Hoffnung, Martha, verstehen Sie? Weihnachten ist ein Fest der Hoffnung. Gott schickt seinen Sohn – aller Finsternis dieser Zeit zum Trotz.“

Die Wirtschafterin lächelt ungläubig. „Hoffnung – dass Sie das Wort noch aussprechen, wo Ihnen acht Ihrer zehn Kinder gestorben sind."

Falk fegt den Einwand unwirsch vom Tisch. „Hadern Sie nicht, Martha. Handeln Sie!"

„Und wenn die Menschen vor leeren Tellern sitzen, Herr Legationsrat?", wirft die Wirtschafterin ein.

„Wenn die Menschen wieder Hoffnung haben, werden sie vielleicht nicht länger vor leeren Tellern sitzen. Sie werden arbeiten, die zerstörten Häuser wieder aufbauen, das Ackerland bearbeiten."

„Gegen Ihren Optimismus bin ich machtlos, Herr Legationsrat. Wie lautet die zweite Strophe?"

O du fröhliche, o du selige,
gnadenbringende Weihnachtszeit!
Christ ist erschienen, uns zu versühnen.
Freue, freue dich, o Christenheit!

„Ach, Martha, wir sollten das Kommen unseres Herrn fröhlich feiern, zusammen mit allen Menschen. Was könnte denn der Welt Besseres geschehen!“

O du fröhliche, o du selige,
gnadenbringende Weihnachtszeit!
Himmlische Heere jauchzen dir Ehre.
Freue, freue dich, o Christenheit!

Ich steh

AN DEINER KRIPPE HIER

Ich steh AN DEINER KRIPPE HIER

Friedrich Wilhelm, gerade mal 23 Jahre alt, blickt in die Runde seiner Regierungsräte. Die sitzen betroffen auf ihren Stühlen. Einige flüstern miteinander.

„Was ist? Wenn Ihr etwas zu sagen habt, Herr Gerichtsadvokat, bekundet es öffentlich."

Der Gerichtsadvokat schweigt, gibt nur durch Gesten zu verstehen, dass sein Einwand unbedeutend ist.

Warum sich der Landesherr mit diesem Kerl so lange beschäftigt?, denken einige. Absetzen. Punktum. Wir wollen keine konfessionellen Sperenzchen. Hat uns der Krieg nicht mürbe genug gemacht? Endlose Jahre Elend,

Kummer und Tod, Pest und Cholera, was kann denn noch kommen? Der Kurfürst überdenkt den Lebenslauf dieses Mannes Paul Gerhardt, der ihm so viele Unannehmlichkeiten bereitet, aber doch ein konsequenter Theologe ist. Ja, er ist ein in Gott fest verankerter Pfarrer, obschon die Schicksalsschläge ihn regelmäßig heimsuchen und seinen Glauben erschüttern müssten. Nein, das Gegenteil ist der Fall. Was er als Dichter zu Papier bringt, sind frohe Lieder, Kirchenlieder, die Gott preisen und nicht einen Augenblick an ihm zweifeln lassen. „Geh aus mein Herz und suche Freud". Freud? Der 30-jährige Krieg hat den Gemeinden viele Wunden geschlagen, Millionen Menschen gehen an Krankheit und Hunger elend zugrunde, ganze Landstriche sind bevölkerungsleer. Und dann dichtet dieser Mann: „Du meine Seele singe". Oder er überlässt sich ganz Gottes Fügung: „Befiehl du meine Wege …"

Was immer Paul Gerhardt in diesen Kriegs- und Krisenzeiten unternimmt, Gott wacht, so hat es den Anschein, unverbrüchlich über sein Leben. In Johann Crügers Berliner Gesangbuch „Praxis Pietatis Melica“ von 1647 erscheinen bereits 18 geistliche Lieder von ihm. In der fünfen Auflage von 1653 sind es schon 64.

In dieses Jahr fällt auch die Entstehung seines berühmten Weihnachtsliedes „Ich steh an deiner Krippe hier“. Was mag ihn dazu getrieben haben, ausgerechnet in dieser schwierigen Epoche zum Stift zu greifen? Der Originaltext umfasst 15 Strophen, von denen vier in die Gesangbücher Einzug halten.

Ich steh an deiner Krippe hier,
o Jesu, du mein Leben;
ich komme, bring und schenke dir,
was du mir hast gegeben.
Nimm hin, es ist mein Geist und Sinn,
Herz, Seel und Mut, nimm alles hin
und lass dir's wohl gefallen.

Da ich noch nicht geboren war,
da bist du mir geboren
und hast dich mir zu eigen gar,
eh ich dich kannt', erkoren.
Eh ich durch deine Hand gemacht,
da hast du schon bei dir bedacht,
wie du mein wolltest werden.

Ich lag in tiefer Todesnacht,
du warest meine Sonne,
die Sonne, die mir zugebracht
Licht, Leben, Freud und Wonne.
O Sonne, die das werte Licht
des Glaubens in mir zugericht,
wie schön sind deine Strahlen.

Ich sehe dich mit Freuden an
und kann mich nicht satt sehen;
und weil ich nun nichts weiter kann,
bleib ich anbetend stehen.
O dass mein Sinn ein Abgrund wär
und meine Seel ein weites Meer,
dass ich dich möchte fassen.

Die anderen Strophen enthalten manche persönliche, fast kindliche Zugeständnisse an das Christkind in der Krippe. „Vergönne mir, o

Jesulein, dass ich dein Mündlein küsse …“ Das von einem reifen, erwachsenen Mann zu lesen, ist schon recht ungewöhnlich. Es zeigt aber auch, mit welcher Intensität er sich dem Kind in der Krippe anvertraute. Noch so klein, hat Jesus die Macht, alles in der Welt zu verändern. Vielleicht hat Paul Gerhardt sein Leben lang auf diese göttliche Macht gebaut.

Eins aber, hoff ich, wirst du mir,
mein Heiland, nicht versagen:
dass ich dich möge für und für
in, bei und an mir tragen.
So lass mich doch dein Kripplein sein;
komm, komm und lege bei mir ein
dich und all deine Freuden.

Geboren am 12. März 1607 in Gräfenhainichen, etwa 20 Kilometer südwestlich von Wittenberg, steht Gerhardts Existenz unter keinem glücklichen Stern. Der

Vater stirbt 1619, die Mutter 1621. Nach Besuch der Fürstenschule in Grimma beginnt er ein Theologiestudium in Wittenberg und arbeitet dann als Hauslehrer im Haus des Archidiakons Fleischhauer, später beim Kammergerichtsadvokaten Andreas Berthold. Paul Gerhardt muss erleben, wie ein großer Teil seiner Geburtsstadt 1637 von den Schweden zerstört wird. Die Veröffentlichung seines ersten nachweisbaren Gedichtes ein Jahr später wird ihm ein schwacher Trost gewesen sein.

Als er 1655 als Pfarrer und Propst von Mittenwalde endlich seine Frau Anna Maria Berthold ehelichen kann, möchte man meinen, nun beschere ihm der Himmel ein verdientes Eheglück, doch seine erste Tochter Elisabeth wird 1656 geboren und stirbt. Tochter Anna Katharina überlebt das erste Lebensjahr ebenfalls nicht. 1660 erfreuen sich Paul und

Anna Maria, er inzwischen an der Berliner Nikolaikirche als Pfarrer tätig, der Geburt eines Stammhalters, aber die Eltern müssen ihren Sohn Andreas noch vor Jahresende zu Grabe tragen. Sohn Paul Friedrich schließlich sieht Vater und Mutter alt werden. Doch in jenem Jahr 1662, das mit der glücklichen Geburt des Sohnes eigentlich ein Freudenjahr hätte werden können, verabschiedet der reformierte Kurfürst Friedrich Wilhelm sein „Toleranzedikt" und beschränkt die konfessionelle Dominanz der Lutheraner.

„Was muss er dem Beispiel seines brandenburgischen Fürstenkollegen Johann Sigismund folgen und vom lutherischen zum reformierten calvinistischen Bekenntnis übertreten?", wettert Paul Gerhardt. „Er hat seine Untertanen zwar nicht gezwungen, der neuen Konfession anzugehören, wie es nach der Praxis ‚Cuius regio eius

religio‘ üblich ist, seine Hofleute und Beamte aber müssen diesen Schritt gehen.“ Diese Entwicklung bringt den Pfarrer auf die Palme. Wie kann sich nun sein Kurfürst erdreisten, Martin Luther so herabzusetzen und den Calvinisten den Vorzug zu geben? Politisch ist das von Regierungsseite verständlich: Den wirtschaftlichen Aufschwung des Landes verdankt Friedrich Wilhelm hauptsächlich den Wirtschaftsflüchtlingen aus Frankreich, den Hugenotten. Und die sind Calvinisten.
Paul Gerhardt hat als Theologe und Kirchenlied-Dichter einen Namen. Dieser gute Ruf, meint er, berechtige ihn, auf den Kanzeln gegen die Calvinisten vom Leder zu ziehen. Das tut er leidenschaftlich, aber sehr zum Missvergnügen des Landesherrn. Er lädt zum „Berliner Religionsgespräch“ ein, um die Wogen zu glätten. Beide Seiten kämpfen für ihre Überzeugung. Aber auch die 17. Sitzung im kurfürstlichen Schloss

endet ohne Ergebnis. Friedrich Wilhelm verbietet fortan das Theologiestudium in Wittenberg und erlässt ein noch schärferes Edikt über „Kirchentoleranz“. Zugleich fordert er die Pfarrer zur Unterschrift auf. Die sie verweigern, müssen das Land verlassen.

Anna Maria bekniet ihre Mann, das Edikt zu unterschreiben. „Du bringst uns in den Ruin, wenn du ablehnst. Es geht hier doch nicht um den Verrat an der Reformation.“

„Aber an unserem Martin Luther“, lautet die kurze Antwort. „Er ist mein Meister und Herr. Ich stehe hinter seinem Wort und seinen Thesen.“

Für Paul Gerhardt bedeutet die Weigerung 1666 Amtsenthebung. Inzwischen ist sein Sohn Andreas Christian geboren worden – er stirbt noch im selben Jahr. Zwar kann der streitbare

Theologe noch einmal kurzfristig in sein Amt zurückkehren, weil sich der Berliner Magistrat, viele Bürger und selbst die märkischen Landstände für ihn einsetzen, doch nach seinem Amtsverzicht und der endgültigen Absetzung durch den Kurfürsten steht Paul Gerhardt mittellos auf der Straße. 1668 stirbt seine Frau. Wie kann ein Mensch dann noch Trostlieder wie „Gib dich zufrieden und sei stille" verfassen?
Der Rat der Stadt Lübben (Spreewald), damals nicht zu Brandenburg, sondern zu Kursachsen gehörig, sucht einen neuen Pfarrer und entscheidet sich für Paul Gerhardt. Hier bekleidet er das Amt des Archidiakons an der Nikolaikirche. Bis zu seinem Tod im 70. Lebensjahr lebt er hier in bescheidenen Verhältnissen. Ein kämpferischer Mann mit unbeugsamem Gewissen

findet seine endgültige Ruhestätte in der Lübbener Kirche. Das Gedenkgemälde eines unbekannten Malers wurde von einem lateinischen Epigramm von Gottlieb Wernsdorf dem Älteren versehen, dessen Übersetzung lautet:

Wie lebend siehst du hier Paul Gerhardts teures Bild,
der ganz vom Glaube, Lieb und Hoffnung war erfüllt.
In Tönen voller Kraft, gleich Asaphs Harfenklängen
erhob er Christi Lob mit himmlischen Gesängen.
Sing seine Lieder oft, o Christ, in heilger Lust,
so dringet Gottes Geist durch sie in deine Brust.

Ihr Kinderlein, kommet

Ihr Kinderlein, KOMMET

An einem Nachmittag im Advent kommen im Pfarrheim die Kinder aus einer Schulklasse zusammen, um eine Krippe zu bauen. Die Lehrerin hat sie auf die Idee gebracht, die Figuren selbst zu basteln, die Kostüme selbst zu schneidern und das Krippengehäuse selbst auszusägen. Es soll eine Überraschung für den Herrn Kaplan werden. Mit viel Eifer machen sich die Jungen und Mädchen an die Arbeit. Sie haben geschickte Hände und sind begeistert bei der Sache. Doch ganz lautlos kann eine Krippe nicht gebastelt werden. Franz bemerkt ganz recht: „Bei jeder Schreinerarbeit entstehen Geräusche. Ich kann die Bretter schließlich nicht mit den Zähnen durchbeißen!“

Bei den Mädchen geht es ruhiger zu. Wenn sie die Stoffe für die Kleider, Hosen, Jacken, Schürzen und Taschen ausschneiden und passend zu den Rohlingen zusammennähen und die Figuren schließlich bekleiden, so macht das keinen Lärm. Höchstens, dass jemand mal

„Au“ oder „Verflixt“ ruft, weil er sich mit der Nadel gestochen hat. Aber meist fließt kein Blut und ein Nadelstich ist schnell vergessen.

Es gibt etwas Konfliktstoff, als Olga von Puppen spricht, die bekleidet werden müssen. „Das sind doch keine Puppen! Das sind Krippenfiguren!“, ruft Anneliese. „Josef und Maria mit dem Jesuskind sind doch nicht irgendwer!“

Damit hat Anneliese recht. Auch die Hirten genießen einen Sonderstatus. Sie sind nicht irgendwelche Gestalten, denen man ein fleckiges oder löchriges Gewand überstülpt. Deshalb sagt Margret stolz: „Mein Hirte bekommt einen schönen Pelz. Schließlich ist es in der Heiligen Nacht ziemlich kalt.“

Doch eine solche warme und kostbare Bekleidung sei nun auch wieder nicht nötig, meint Maria. Der Schafhirt, der mit seiner Herde im Herbst immer über Meiers Weiden ziehe, trage auch keinen Pelz, sondern nur einen weiten, lockeren Mantel, dazu einen breitkrempigen Hut. In dieser Aufmachung sehe er aus wie ein Künstler.

„Im Herbst braucht niemand einen Pelz, und ein Schafhirt ist kein Künstler“, lautet die einhellige Meinung der Kritiker,

die den Schafen gerade ein wolliges Fell verpassen. Vor einem Pelzhirten und einem Künstler nähmen die Tiere ja Reißaus – aus Angst.
Michel bewegt eine ganz andere Frage: „Ich denke über die Geschichte nach, wie sie sich in Betlehem ereignete."
„Du meinst die Geburt Christi?", fragt Anneliese.
„Ja, wie mag es der Mutter Gottes wohl zumute gewesen sein, als sie mit Josef in einen Stall einziehen musste, weil in der Herberge kein Platz war?"
„Dem Wirt, diesem Strolch, der die beiden in Nacht und Kälte hinausschickte, dem würde ich den Kragen umdrehen", droht Lukas.
Doch Daniel und Florian wiegeln ab. „Der Stall von Betlehem, den wir bauen, wird eine Nobelherberge, in der sich Maria und Josef todsicher wohlfühlen werden."
Aber das ist ja nun auch nicht Bestandteil der Geschichte, dass der Stall einer Nobelherberge gleicht. Ein paar Bretter müssten schon lose sein, und ein Loch im Dach sei auch nicht zu verachten, gibt Heinrich zu bedenken.
Es wird nicht leicht, die Bastler zu überzeugen, dass sie keine perfekte Arbeit abliefern sollen. Für „Pfusch" sind sie nämlich nicht zu haben.
So vergeht die Zeit. Langsam wächst das Dach über den Stall hinaus, und der Stern bezieht

seine Position hoch oben am First. Den Hirten fehlen noch die Schuhe, aber auf die kann man notfalls verzichten, weil die von Betlehem wahrscheinlich barfuß liefen. Doch Hirten mit nackten Füßen passen nicht in die deutsche Weihnachtszeit. Bei uns hat es um Weihnachten kalt zu sein. Punktum! Also einigt man sich auf Sandalen und hält sie für einen zufriedenstellenden Kompromiss.

Für Annegret sind die Engel wichtig. Mit bewundernswertem Eifer hüllt sie diese in Kleider aus Goldfolie und Silberpapier. Der Verkündigungsengel verdient ihre uneingeschränkte Aufmerksamkeit. Schließlich hat er zu den Hirten gesagt: „Fürchtet euch nicht!“ Diese Botschaft ist für das Mädchen sehr wichtig, denn es hat oft Angst.

„Du kannst in Zukunft bei Nacht über den Friedhof gehen, ohne dass es dir etwas ausmacht“, prophezeit ihr Klaus.

So geht die Unterhaltung hin und her, und Jungen und Mädchen haben beim Krippenbau viel Freude.

So ähnlich wird es auch in der Gemeinde Markt Thannhausen des Kaplans Christoph von Schmid zugegangen sein, als er mit seinen Buben und Mädchen die selbst gebaute Krippe aufstellte. Er war ein Freund der Kinder und ein beliebter Erzieher. So schrieb er für sie viele Geschichten und Lieder. Im Jahre 1794 entstand das bekannte Weihnachtslied „Ihr Kinderlein, kommet“. Noch im gleichen Jahr komponierte Johann Abraham Peter Schulz, der wichtigste Vertreter der zweiten Berliner Liederschule, die Melodie dazu. Von ihm stammt auch die Vertonung von „Der Mond ist aufgegangen“. Schmid wurde 1827 Domherr in Augsburg. Und sein Lied lautet:

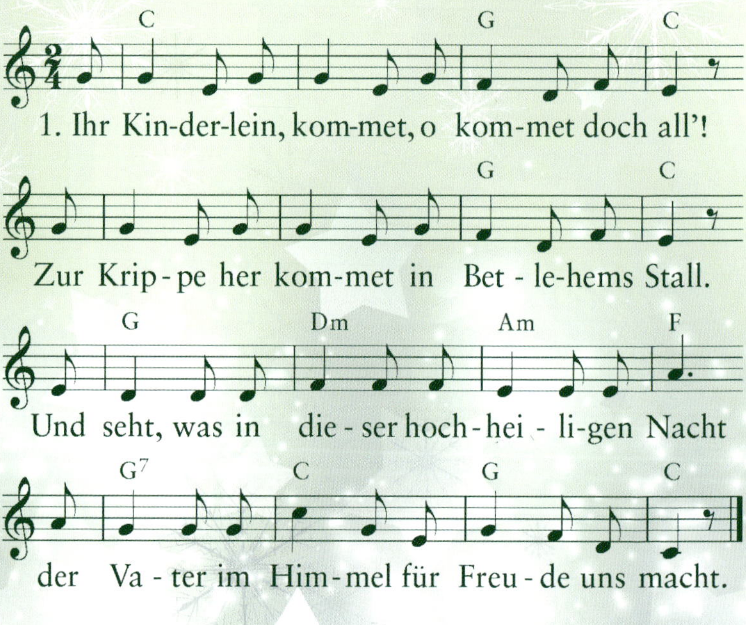

2. O seht in der Krippe, im nächtlichen Stall,
seht hier bei des Lichtleins hellglänzendem Strahl
in reinlichen Windeln das himmlische Kind,
viel schöner und holder, als Engel es sind.

3. Da liegt es, das Kindlein, auf Heu und auf Stroh:
Maria und Josef betrachten es froh;
die redlichen Hirten knien betend davor,
hoch oben schwebt jubelnd der Engelein Chor.

4. O beugt wie die Hirten anbetend die Knie.
Erhebet die Hände und danket wie sie!
Stimmt freudig, ihr Kinder, wer sollt sich nicht freu'n?
Stimmt freudig zum Jubel der Engel mit ein.

5. So nimm unsre Herzen zum Opfer denn hin,
wir geben sie gerne mit fröhlichem Sinn;
ach mache sie heilig und selig wie deins
und mach sie auf ewig mit deinem nur eins.

Markt und Straßen

STEHN VERLASSEN

Markt und Straßen
STEHN VERLASSEN

Der Schnee war ein stiller Begleiter. In leichten Flocken wirbelte er um die einsame Gestalt, die den Weg durch die Gassen der Stadt nahm. Niemand begegnete ihr. Die Straßenlaternen verbreiteten ein trübes, milchiges Licht. Nur aus den Fenstern der Häuser schimmerte der Glanz der Lichter golden und warm in den späten Abend hinaus. Es war, als wäre die Luft, seit dem Morgen vom eisigen Wind angetrieben und allmählich verebbt, nun unter der Winterglocke noch einmal erwacht. Von den Dächern stob der Schneestaub in kleinen weißen Wolken auf das Pflaster herab. Er nässte das Gesicht des einsamen Mannes, der, in seinen Pelz gehüllt, eine dicke Mütze auf dem Kopf, den Kragen hochgeschlagen, den Stock in der Hand, gemächlichen Schrittes durch die Stadt ging. Seine Augen streiften die Fenster der

Häuser, warfen einen scheuen Blick in die festlich geschmückten Stuben. Tannengrün glänzte hinter den Vorhängen, kleine Kerzen betonten die Festlichkeit, die allenthalben spürbar war.

In einigen Häusern hatte die Bescherung schon stattgefunden. Verhaltene Worte der Freude drangen auf die Straße hinaus. Oder der leise Gesang eines Weihnachtsliedes. Ein Hausvater las mit fester Stimme das Weihnachtsevangelium vom Engel, der den Hirten die Friedensbotschaft brachte, und dem Gotteskind in der Krippe. Mädchen und Buben zeigten ihren Eltern beglückt, was das Christkind ihnen gebracht hatte: Trompeten, Kreisel, Puppen, Kaufläden, Kinderwagen, kleine Kutschen mit Pferdchen davor, Bleisoldaten, Marzipan und buntes Gebäck.

Der einsame Mann auf der Gasse seufzte beim Anblick dieser Herrlichkeit. Er fühlte sich in seine eigene Kindheit zurückversetzt, als er im elterlichen Schloss unter der großen Tanne die mit Schleifen verzierten Pakete öffnete und im Kreis der Geschwister die schönen Dinge bestaunte, die er zum Christfest bekommen hatte. Und er dachte an die eigenen Kinder, die er mit seiner Frau in diesen Dezembertagen vor vielen Jahren beglückt hatte. Er sah im Geist die strahlenden Gesichter und hörte das Lachen, das noch von keiner Sorge getrübt war. Doch jetzt war es still um ihn. Die Bilder der Vergangenheit schwanden und hinterließen eine Leere, die diese Nacht, die weihnachtliche Winternacht, nicht füllen konnte. Die, die er geliebt und beschenkt hatte, die der Mittelpunkt seines Lebens gewesen waren, schliefen längst in der kalten, vereisten Erde. Wenn er an sie dachte, wurde es ihm schwer ums Herz, ein schmerzhafter Griff umfasste seine Brust, der Atem stockte. Er musste hinaus, weg aus der Stadt, ins freie, offene Feld. Die Enge der Gassen, die tief hinabgezogenen Dächer bedrängten ihn mit einem Male, er beschleunigte die Schritte und wanderte, den Stock fest in den Schnee stoßend, durch das Stadttor hinaus.

Gleich hinter den letzten Mauern lag die weite Landschaft vor ihm, ein weißer Teppich, von keinem Menschenschritt betreten, unberührt und feierlich. Der Wanderer verhielt bei diesem Anblick den Schritt, blieb eine Weile stehen und besah das wie von Schöpferhand gemalte Bild, die starren Bäume, das schwarzglänzende Buschwerk, das wellige, hügelige Feld, den zugefrorenen Bach, unter dessen Eisdecke das Wasser in der Tiefe murmelte. Dann aber hob er die Augen und das kindliche Staunen vieler Jahre nahm ihn gefangen: Am Himmel funkelte eine Unzahl Sterne. Große, kleine, stark leuchtende und solche mit schwachem Widerschein breiteten die gewaltige Größe der Schöpfung vor ihm aus. Wie viele Sternenjahre kamen hier zusammen! So weit das Auge reichte, bis in die Tiefe des Horizonts, ein Glitzern und Funkeln, ein Flackern und Leuchten. War nicht selbst die Erde angerührt von dieser überirdischen Pracht? Schwieg sie nicht und hielt sie nicht jeden Laut zurück, um diese Allmacht des Schöpfers in der Stille zu bewundern?

Worte stiegen in dem Wanderer auf, drängten sich über seine Lippen. Jetzt, in den Taschen seines Pelzes, befand sich kein Blatt Papier, kein Stift, um diese Worte festzuhalten. Er musste ihnen in der Seele einen Ort geben, sie auswendig lernen, und, sie stets wiederholend, ihnen einen festen Platz in seinem Gedächtnis zuweisen. Noch einmal nahm er die Fülle dieses gewaltigen Naturerlebnisses wahr, er atmete tief, befreit, beglückt, bis die Lunge schmerzte, dann kehrte er um und eilte, das überwältigende Bild festhaltend, nach Hause zurück. Unterwegs formten sich die Worte zu Reimen, und die Verse brachte er zu Papier, gleich nachdem er die Haustür hinter sich geschlossen hatte und die Tochter ängstlich aus der Küche kommend fragte, wo er so lange gewesen sei.

Markt und Straßen stehn verlassen,
still erleuchtet jedes Haus,
sinnend geh ich durch die Gassen,
alles sieht so festlich aus.

An den Fenstern haben Frauen
buntes Spielzeug fromm geschmückt,
tausend Kindlein stehn und schauen,
sind so wunderstill beglückt.

Und ich wandre aus den Mauern
bis hinaus ins freie Feld,
hehres Glänzen, heil'ges Schauern!
Wie so weit und still die Welt!

Sterne hoch die Kreise schlingen,
aus des Schnees Einsamkeit
steigt's wie wunderbares Singen –
o du gnadenreiche Zeit!

Alle Jahre

WIEDER

Alle Jahre WIEDER

Herr Superintendent, lesen Sie uns heute wieder aus Ihren Fabeln für Kinder vor?", fragte Gertrud und blickte mit großen, erwartungsvollen Augen auf den Mann im schwarzen Rock, der vor der Klasse stand. „Mein Patenonkel Fritz, der Landarzt in Laucha an der Unstrut ist, hat die Sammlung letztes Jahr zu Weihnachten seinen Kindern geschenkt. Sie lesen jetzt in der Adventszeit jeden Abend eine Geschichte."

Pfarrer Johann Wilhelm Hey lächelte. „Es ehrt mich, Gertrud, dass die Fabeln deinem Patenonkel gefallen."

„Ja", ereiferte sich das Mädchen, „mein Patenonkel sagte: ‚Da ist dem Herrn Superintendenten aber ein toller Wurf gelungen.' – Was ist ein Wurf, Herr Pfarrer?"

„Ein Wurf ist eine Bezeichnung für … für … na, eben für einen Wurf Katzen", rief Josef vorlaut in die Klasse, und Karl ergänzte: „Oder Hunde!"

Superintendent Hey konnte ein Lachen nicht unterdrücken. „Ihr habt beide Recht, ihr Schlingel. Wurf ist die Bezeichnung für die gleichzeitige Geburt mehrerer Tiere. Aber ein solcher Wurf ist hier gewiss nicht gemeint. Seht einmal, Kinder: Die Fabeln, die ich geschrieben habe, gehören sozusagen zu einem Themenkreis, versteht ihr? Sie sind allesamt innerhalb einer bestimmten Zeit – sagen wir einmal, innerhalb von zwei Monaten – geschrieben worden. Sie sind in einem Schwung, aus

einem Guss entstanden, sie sind …"
„… ein Wurf!", strahlte Annegret.
„Richtig!" Superintendent Hey freute sich. Dann wandte er sich an Gertrud. „Ich freue mich, dass dein Patenonkel in Laucha praktiziert. Das ist nämlich mein Heimatort, freilich bin ich schon lange von dort fort. Allerdings hier in Ichtershausen gefällt es mir besonders gut – nicht zuletzt, weil ihr hier seid."
Die Kinder strahlten. Fritz rutschte unruhig auf seinem Hinterteil, als wolle er etwas sagen und traue sich nicht. Er war ein schüchterner Junge und brauchte erst eine kleine Anlaufzeit, bis ein Wort über seine Lippen kam.
„Wir fühlen uns hier auch wohl, Herr Pfarrer. Vor allem, weil Sie uns so schöne Märchen erzählen", platzte es endlich aus ihm heraus.

„Märchen erzählen kann nicht jeder“, bemerkte Karl mit Sachverstand und Annegret ergänzte: „Oder nicht so gut!“

Superintendent Hey hob abwehrend die Hände. Und dabei schüttelte er sein greises Haupt, als wolle er die Begeisterung seiner Schulklasse ein wenig dämpfen oder eingrenzen. „Meine Lieben, ich bin natürlich nicht Pfarrer und Superintendent geworden, um euch Märchen und Fabeln zu erzählen, sondern um euch und den Menschen in der Gemeinde das Wort Gottes zu verkünden. Es freut mich jedoch, wenn es euch in meiner Gesellschaft so gut gefällt.“

„Wir möchten Sie trotzdem nicht hergeben an andere Kinder“, sagte Gertrud.

„Bloß nicht!“, schaltete sich Annegret ein, „Ihr Vorgänger war viel strenger.“ Superintendent Hey bat um Ruhe. „Nun, ich glaube, jetzt schweifen wir ein wenig vom Thema ab, Annegret.“ Josef ließ sich dennoch nicht beirren. „Wir haben einen Wunsch an Sie, Herr Pfarrer. Die Klasse hat mich vorhin in der Pause gebeten, Ihnen diesen Wunsch vorzutragen.“

„Uns kam nämlich die Idee …“, unterbrach Gertrud den Mitschüler, doch die Klasse stoppte ihren Eifer.

„Lass Josef reden!“, riefen die Jungen und Mädchen, und Josef erhob sich und trat in den Gang zwischen den Bankreihen. Er kam sich ein wenig stolz und wichtig vor. „Also, wir haben uns überlegt, ob es nicht sinnvoll wäre, ein neues Weihnachtslied zu lernen. Wir kennen zwar eine Reihe wie ‚Es ist ein Ros entsprungen‘, und

‚In dulci jubilo', aber die sind so schwer zu verstehen, Herr Pfarrer."
„Ja, wir hätten gern etwas Leichteres!"
„Etwas, das alle schnell lernen", tönte es aus der Klasse.
Superintendent Johann Wilhelm Hey war einen Augenblick sprachlos, obgleich das einem Gottesmann ja nicht passieren dürfte. Der Eifer der Kinder überraschte ihn.
„Die Lieder, die ihr soeben genannt habt, sind doch schöne, tiefsinnige Weihnachtsgesänge, die eine alte Tradition haben", wandte er ein.
„Alt schon, aber wir hätten gern etwas Fröhliches!", sagte Fritz und er wunderte sich selbst, wie spontan diese Bemerkung über seine Lippen kam.
„Glaubst du denn, Fritz, dass Weihnachten ein fröhliches Fest ist, das man lustig besingen

kann?“, fragte Hey und zögerte jedes Wort ein wenig hinaus, damit es von der Klasse bewusst aufgenommen und bedacht wurde.

Fritz ereiferte sich: „Nun, ganz so fröhlich und lustig gewiss nicht, wenn ich an die Armut denke, in die das Christkind geboren wurde. Aber die Freude auf Weihnachten – die dürfte doch im Lied etwas kräftiger zum Ausdruck kommen.“

Hey antwortete nicht sogleich. Er sah seine Jungen und Mädchen an und spürte die Erwartung, die sich in den Augen widerspiegelte.

„Wir dachten, dass Ihnen gewiss ein neuer Vers einfiele“, unterbrach Josef zaghaft die Stille.

Der Superintendent lächelte. „Zaubern kann ich nicht, lieber Josef. Ihr setzt ja wirklich hohe Erwartungen in mich. Jedoch weiß ich nicht, ob ich sie so mir nichts, dir nichts erfüllen kann.

Lustig – fröhlich – Freude auf Weihnachten …“

„Nun, so übermäßig lustig braucht das Lied ja nicht zu sein“, baute Annegret dem Superintendenten eine Brücke, doch sogleich wurde sie von Gertrud zurückgepfiffen: „Doch, Annegret, es soll lustig sein.“

„Alle Kinder sollen es schnell lernen können. Was lustig und fröhlich ist, lernt man am leichtesten“, sagte Karl sachlich.

Maria hatte bisher geschwiegen, doch die Unterhaltung aufmerksam verfolgt. Sie war ein ernstes Mädchen, das im Haushalt angestrengt mitarbeiten musste. „Ich denke mich in Ihre Lage, Herr Superintendent. Zwischen Freude und lustig ist ein Unterschied.“

„Das ist ein wahres Wort, Maria“, nickte Hey dankbar. „Man müsste beides miteinander verbinden.

Ich habe einen alten Freund in Leipzig, den Lehrer Ernst Anschütz. Von ihm stammt das Lied ‚O Tannenbaum', das ihr bestimmt alle kennt." Ein einstimmiges Ja bestätigte Heys Vermutung. „Seht ihr, jetzt sehe ich etwas klarer. Also, der Lehrer Anschütz hat eine Melodie geschrieben, zu der ich gern einen Text verfassen würde. Hört einmal zu."

Der Superintendent entnahm seiner Tasche eine Blockflöte, blies mehrmals hinein, um sie anzuwärmen und entlockte ihr dann eine Fülle zauberhafter Klänge, die melodisch durch den Klassenraum schwebten und die Kinder begeisterten.

„Das ist aber eine hübsche Melodie!", lautete die einhellige Meinung.

„Jetzt gehört ein guter Text dazu. Wie wäre es, wenn wir es gemeinsam versuchen?", forderte

Hey die Schülerinnen und Schüler auf.

„Ob wir das können?“

„Natürlich können wir das!“

„Wir werden es versuchen.“ So wirbelten die Worte in der Klasse durcheinander.

Superintendent Johann Wilhelm Hey erbat sich Ruhe, dann erläuterte er, wobei er jedes Wort nachhaltig betonte, sein Anliegen: „Das Christkind kommt alle Jahre wieder auf die Erde, zu uns Menschen. Von diesem Satz wollen wir ausgehen. Können wir ihn nicht in einem schlichten Reim ausdrücken?“

Josef strengte sich an, man spürte, wie seine Gedanken hinter der Stirn arbeiteten. „Alle Jahre wieder …“

„Alle Jahre wieder kommt das Christuskind …“, ergänzte Karl, und Gertrud formte: „… auf die Erde nieder“,

„wo wir Menschen sind“, schloss der Superintendent den Vers.

„Großartig! Das reimt sich sogar!“, rief Annegret.

Karl wiederholte die Strophe:

Alle Jahre wieder
kommt das Christuskind
auf die Erde nieder,
wo wir Menschen sind.

Superintendent Hey nickte zufrieden. „Seht ihr, das könnte die erste Strophe unseres gemeinsamen Liedes sein. Jetzt trage ich noch einmal die Melodie vor, dann können wir uns die Worte besser merken und in Reime fassen.“ Hey ließ die Töne noch einmal sanft der Flöte entsteigen. Die Klasse war mucksmäuschenstill. Jeder fühlte sich von dieser Melodie getragen. Die Kinder steckten die Köpfe zusammen, sie schrieben Worte aufs Papier, strichen sie aus, ersetzten sie durch neue. Jeder zeigte dem anderen, wie er sich die zweite Strophe dachte. Superintendent Johann Wilhelm Hey ging von Reihe zu Reihe, schaute über die Zeilen, gab hier einen Hinweis, machte dort eine Anmerkung. Doch er ließ die Kinder gewähren. Es dauerte eine Weile, bis sich die Kinder einig waren.

Schließlich bat Gertrud ums Wort. „Herr Pfarrer, hier ist die zweite Strophe!

Kehrt mit seinem Segen
ein in jedes Haus,
geht auf allen Wegen
mit uns ein und aus.

Die Klasse war wie aus dem Häuschen, weil ihr dieser Vers auf Anhieb gelungen war. Hey klatschte anerkennend in die Hände. „Ich bin sehr zufrieden mit euch. Ich denke, eine Strophe benötigen wir noch. Mit zweien ist das Lied nicht vollständig."
Wieder machten sich die Mädchen und Jungen ans Werk. Da habe ich ja eine echte Dichterklasse, dachte der Superintendent und freute sich im Stillen über die Begeisterung der jungen Menschen. Am Ende des Unterrichts war

auch die dritte Strophe fertig. Fritz überwand seine Scheu und las laut und vernehmlich vor:

Ist auch mir zur Seite
still und unerkannt,
dass es treu mich leite
an der lieben Hand.

Es dauerte nicht lange, da wanderte dieses Lied aus dem Klassenzimmer hinaus in das schöne Land Thüringen, es wurde in Weihnachtsliederbüchern abgedruckt und begeisterte Jung und Alt.

Weihnachts-LIED

*Vom Himmel in die tiefsten Klüfte
ein milder Stern hernieder lacht;
vom Tannenwalde steigen Düfte
und hauchen durch die Winterlüfte,
und kerzenhelle wird die Nacht.*

*Mir ist das Herz so froh erschrocken,
das ist die liebe Weihnachtszeit!
Ich höre fernher Kirchenglocken
mich lieblich heimatlich verlocken
in märchenstille Herrlichkeit.*

Ein frommer Zauber hält mich wieder,
anbetend, staunend muss ich stehn;
es sinkt auf meine Augenlider
ein goldner Kindertraum hernieder,
ich fühl's, ein Wunder ist geschehn.

Theodor Storm

Zum Autor

HERMANN MULTHAUPT, geboren 1937 in Beverungen, arbeitete als Journalist bei verschiedenen Tageszeitungen in Karlsruhe, Offenburg, Mannheim, Ingolstadt und Baden-Baden. Von 1979 bis 2000 war er Chefredakteur der Kirchenzeitung „Der Dom“ in Paderborn. Für seine kirchlich engagierte Tätigkeit bekam er 1981 den Journalistenpreis der Deutschen Bischofskonferenz. Inzwischen hat er über 80 Bücher geschrieben oder herausgegeben, darunter Romane, Gedichte und Meditationsbände. Über sein Lieblingsreiseland Irland gab er zahlreiche Bücher heraus, u.a. mit Sammlungen von irischen Segenswünschen. Im deutschen Sprachraum gilt Multhaupt zusammen mit dem ev. Pfarrer Manfred Wester als Wiederentdecker irischer Segenswünsche.

Abbildungen: Cover, S. 4f., 6, 9, 19, 29, 45, 65, 77, 89, 99, 111, 123, 141, 157, 171, 179, 187, 204f.: © svetlanais (Hintergrund); Cover, S. 4f.: © SimpLine (Häuser, Sterne); Cover: © Trueffelpix (Noten); Cover, S. 4f., 45–63, 124–139, 202f.: © Anastasia (Aquarellfläche, Tannenbäume); Vor- u. Nachsatz, 78–87, 158–169: © kazy (Stern-Bordüre); Vorsatz, S. 10–17, 90–97, 172–177: © anatartan (Kranz, Schneeflocken-Bordüre); S. 4f., 45–63, 124–139, 202f.: © Zuckerman (Goldpunkte); S. 7, 65–75: © Creative way (Zweige, Beeren); S. 9, 19, 29, 45, 65, 77, 89, 99, 111, 123, 141, 157, 171, 179, 187: © MicroOne (Rahmen); S. 9–17: © IMR (Zweige); S. 10–17, 78–87, 90–97, 172–177: © zozodesign (Bordüre); S. 10–17, 90–97, 172–177: © Lyudmyla (Hintergrund); S. 19–27: © Yulia Ogneva (Sterne, Zweige); S. 20–27, 46–63, 100–109, 124–139, 180–185, 202f.: © ooddysmile (Hintergrund); S. 20–27, 100–109, 180–185: © Victoria Pak (Häuser); S. 29–43: © Nikole (Sterne); S. 29–43, 112–121, 188–201: © Khaneeros (Kugeln); S. 29–43, 112–121, 188–201: © Lemaris (Bordüre); S. 45–63: © MarinaErmakova (Zweige, Beeren); S. 64–75, 142–155: © Светлана Воротняк (Bordüre); S. 77–87: © Anna Nekotangerine (Zweige, Beeren, Kerze); S. 78–87, 158–169: © theevening (Aquarellfläche); S. 78–87, 158–169: © ElenaMedvedeva (Vogel); S. 89–97, 171–177: © Lana (Bäume, Vogel, Zweige, Zapfen); S. 111–121: © asanova_nastya_art (Zweige, Kekse, Kugeln); S. 157–169: © Ксения Хмель (Kugeln, Sterne); S. 179–185: © Фефелова Яна (Blätter, Beeren) – alle: stock.adobe.com; S. 99–109, 123–139, 141–155, 187–203: © freepik.com (Schneeflocken, Kekse, Äpfel, Zweige, Gewürze, Beeren)

Bibliografische Information der Deutschen Nationalbibliothek

Die Deutsche Nationalbibliothek verzeichnet diese Publikation in der Deutschen Nationalbibliografie; detaillierte bibliografische Daten sind im Internet über http://dnb.d-nb.de abrufbar.

Das Gesamtprogramm von Butzon & Bercker finden Sie im Internet unter www.bube.de

ISBN 978-3-7666-3595-2

Umschlaggestaltung: Tanja Manden, Kevelaer, nach einem Entwurf von Franziska Frey, Kevelaer
Layout und Satz: Roman Bold & Black, Köln